Vera Cruz
Sonhos e Pesadelos

Publisher: Artur Vecchi
Textos: Gabriel Billy
Ilustrações: Carlos Pereira (Pág. 4); Daniel Mallzhen (Pág. 124); Diucenio Rangel (Pág. 122); Gabriel Billy (Págs. 45, 82, 129, 146); Hugo Araújo (Capa e Pág. 85); Nilton Teodoro (Pág. 62); Rebeca Acco (Págs. 118, 120, 131, 134, 136, 138, 140, 153); Rogério Narciso (Págs. 95, 142, 179[N8]); Theo Szczepanski (Págs. 17, 144, 176[Ipupiara]); Yaguarê Yamã (pág. 158); Zakuro Aoyama (quarta capa e págs. 1, 128, 148, 166, 167, 168, 169, 170, 171, 172, 173, 174, 175, 177, 178, 180, 181)
Diagramação e projeto gráfico: Vitor Coelho
Preparação de texto: Cristina Lasaitis

Dados Internacionais de catalogação na Publicação (CIP)
(Câmara Brasileira do Livro, SP, Brasil)

B 599
Billy, Gabriel
Vera Cruz : sonhos e pesadelos / Gabriel Billy. –
Porto Alegre : Avec, 2018. (Vera Cruz; 1)

ISBN 978-85-5447-027-2
1. Ficção brasileira
I. Título II. Série

CDD 869.93

Índice para catálogo sistemático:
1. Ficção : Literatura brasileira 869.93

Ficha catalográfica elaborada por Ana Lucia Merege – 467/CRB7

1ª edição, 2018
Impresso no Brasil/ Printed in Brazil

AVEC Editora
Caixa Postal 7501
CEP 90430-970 – Porto Alegre – RS
contato@aveceditora.com.br
www.aveceditora.com.br
Facebook, Instagram e Twitter: @aveceditora

Vera Cruz

Sonhos e Pesadelos

Gabriel Billy

Mapa

TERRAS DESCONHECIDAS
TERRAS DESCONHECIDAS
TERRA BRASILIS
ÁRVORE BRASIL
CABANOS
SABINADA
HOLANDA BRASILIS
PÂNTANO DA NOITE
CONFEDERAÇÃO DO EQUADOR
MONTE BELO
LISARB
A MURALHA
OURO PRETO
MONARQUIA CELESTIAL
REPÚBLICA JULIANA
REPÚBLICA FARROUPILHA
ESTE É O MAPA TERRA BRASILIS DO MUNDO VERA CRUZ.
TERRAS DESCONHECIDA
TERRAS DESCONHECIDAS

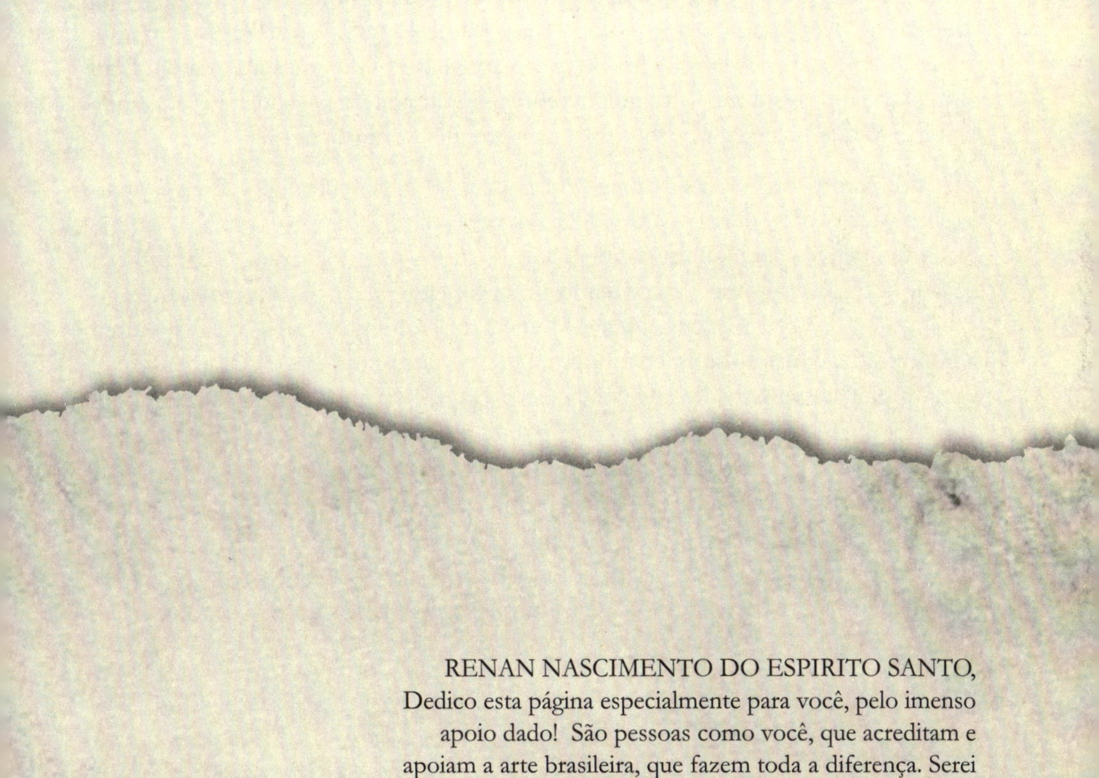

RENAN NASCIMENTO DO ESPIRITO SANTO,
Dedico esta página especialmente para você, pelo imenso apoio dado! São pessoas como você, que acreditam e apoiam a arte brasileira, que fazem toda a diferença. Serei eternamente grato por esse gesto!

Prefácio

Os mitos brasileiros são tão ricos quanto os de tantos outros países. E Gabriel não apenas os explora, como o faz por meio de uma narrativa histórica ficcional que nos leva através de uma Vera Cruz inspirada num Brasil de antigamente, entre o período Imperial e o Republicano. Porém, seu foco não apenas recai nos desmandos de quem estava no poder, mas aborda também um Brasil de inventores e figuras icônicas, geralmente esquecidas pelo grande público, o que nos dá a oportunidade de aprender com sua ficção.

Este garoto formado em Belas Artes pela UFRRJ é um leitor que se apaixonou pelos livros desde pequeno, talvez por ser filho de professora, mas que ao longo de suas leituras foi se apegando cada vez mais à palavra, e como bom jogador de RPG, logo se viu contando suas primeiras histórias. Por tanto, quando recebi uma das primeiras versões de Vera Cruz, sabia que tinha em mãos uma obra ousada, como tudo que vem da mente de um bom jogador de *RolePlay*. E quando me aventurei por suas linhas, descobri uma fantasia diferente e que me fez criar interesse por mitos dos quais eu praticamente não gostava. Vera Cruz é uma obra não apenas lúdica; ousaria dizer que é um convite ao saber, para não falar que é uma pesquisa acadêmica. E como autor local e também de fantasia – que explora o Rio de Janeiro do presente como cenário –, residente no mesmo bairro do ilustre amigo, fico orgulhoso que seu trabalho possa nos entregar tantas possibilidades, nos permitindo viajar em mais uma versão de como poderia ter surgido nossa pátria.

Obrigado, Gabriel Billy, por dar aos nossos inventores o devido *Hall* da fama.

Anderson Assis, autor da trilogia Pré-Mortais

Vera Cruz

Este é um livro de fantasia, mas não somente a fantasia dos elfos e dragões. Este livro é mais nosso. Faz parte da nossa realidade e cultura, coisas que costumamos negligenciar. Vera Cruz é sobre o Brasil, sobre lendas e heróis que insistimos em esquecer.

Dedicatória:

Dedico este livro a todos os historiadores, biógrafos e folcloristas brasileiros que mantêm nossa história viva.

Em especial para estes que me ajudaram com toda cordialidade: Vania Maria Abatte e Hamilton Almeida (biógrafos do Padre Landell de Moura), Luis Carlos Bassalo Crispino (biógrafo do Júlio César Ribeiro) e, em especial, Maria Helenice do Amaral (viúva do Fernando Medina do Amaral, primeiro biógrafo do Júlio César Ribeiro), que não mediu esforços para me ajudar cedendo livros para minha pesquisa.

Agradecimentos:

Muitas pessoas ajudaram durante o processo de criação deste livro, que tentarei resumir aqui. É possível que eu cometa o erro de esquecer alguém, mas simplesmente não posso deixar de agradecer a estas pessoas:

Os desenhistas Rebeca Acco, Zakuro Aoyoama, Theo Szczepanski, Rogério Narciso e Dilcênio Rangel pelo envolvimento que tiveram com este trabalho; meu irmão Edson, que me ajudou a formular a ideia do universo; meu irmão Edmar, que leu praticamente todas as versões do livro como leitor beta; meu irmão Leonardo, que me sugeriu explorar a Belle Époque brasileira; Pamella Corvetto, pelo apoio para que eu conseguisse lançar este livro; Isla Rocha, por ter apoiado o projeto desde sempre; Ricardo Labuto Gondim, que foi leitor beta da primeira versão do livro, ajudando com dicas chaves; Anderson Assis, que fez uma leitura crítica, ajudando-me a repensar minha forma de escrita; Camila Deus Dará, cuja leitura crítica da penúltima versão do livro me ajudou a enxergar os pontos fortes que eu não deveria modificar; Cristina Lasaitis, que fez uma importante e completa leitura crítica da penúltima versão do livro, apontando coisas que eu deveria repensar e fez uma excelente revisão desta versão atual; Matheus Valentine, que conseguiu me dar coragem para escrever esta última versão do livro; Artur Fins, pois acabei elaborando o personagem Domingos inspirado em outro que ele criou para este universo; Francélia Pereira, por todo seu apoio com a causa do "Vozes Ancestrais"; Mil Mameluco, por suas pesquisas incríveis sobre folclore; ao meu pai, pela paciência e por acreditar que eu produziria algo (mesmo sem saber o que era) nos tempos em que eu me dediquei a este projeto; e especialmente a minha mãe, Márcia, que acreditou no projeto e me ajudou com incentivo e com o pagamento de diversas ilustrações. Um agradecimento especial aos leitores betas: Jéssica Franoli, Michelle Duarte, Fábio Luiz Oliveira, Pamela Chris e Magnólia Portugal; além de Ligia Colares, Brena Gentil e Isabella Paulino, por todo apoio e carinho durante a campanha de financiamento do livro.

Prelúdio:

Era uma vez um mundo forjado com raios fúlgidos por um povo heroico de brado retumbante.

Uma terra de heróis, demônios, sonhos e pesadelos.

Era um mundo como qualquer outro, mas este chamava-se Vera Cruz.

Vera Cruz era repleta de nações, e diversas delas estavam em guerra; porém, havia duas bastante notórias por sua peleja particular:

Lisarb: a maior nação de Vera Cruz vivia uma ditadura militar e se destacava pelos incríveis veículos movidos a bottene, um combustível líquido à base de cana-de-açúcar. Além dos veículos terrestres, essa nação utilizava imponentes dirigíveis e aviões projetados por aquele que era o maior gênio da sua engenharia aeronáutica: Santos Dumont.

Ouro Preto: um reino criado por ex-escravos negros alforriados ou fugitivos de Lisarb. Ali, a carência de recursos tecnológicos era compensada pelo poder da magia, em especial a de seu maior feiticeiro: Mestre Lisboa. Esse reino utilizava poderes e criaturas mágicos para lutar na guerra.

A imensa nação de Lisarb planejava controlar todas as outras e dominar o mundo. Atrapalhava esses planos a fuga de escravos para Ouro Preto, que arruinava sua economia sustentada principalmente por mão de obra escravizada.

Pretendiam unificar as nações, para que sua hegemonia sobrepujasse as diferenças entre os povos e atenuasse os inúmeros conflitos? Ou nutriam a ambição arrogante de controlar e subjugar todas as demais nações? Era difícil desvendar as intenções dos dirigentes daquele grande país. O certo era que entre Lisarb e Ouro Preto se impusera uma guerra da sensibilidade e da magia contra a tecnologia e a racionalidade; uma disputa fervorosa de ideologias e poderes.

Contudo, apesar da rivalidade, as duas nações tinham um inimigo em comum. Não só elas, mas talvez todas as nações daquele mundo desejavam capturar vivo ou morto o maior desafeto de Vera Cruz: o ladino Pedro Malazarte.

Prólogo

A neblina espessa dificultava a visão na mata à noite. Era uma floresta de copas altas, mas também de arbustos frondosos e chão coberto por relva.

Afastando os morcegos e os insetos, uma labareda se movimentava em uma trilha estreita, avançando ao som do trotar de um cavalo. Era um homem de manto e capuz pretos, que galopava em um vistoso cavalo negro mágico, conhecido pelo nome inexato de *cavalo sem cabeça*, uma vez que tinha o crânio exposto e envolvido por chamas.

O animal avançou pela trilha em meio à floresta até chegar a uma clareira onde havia um casarão. Era uma casa no estilo colonial, com paredes brancas, mas sem portas nem janelas, de forma que parecia impossível adentrá-la.

O homem desceu calmo de sua montaria, e o cavalo relinchou, espalhando fogo no ar.

De pé, ajustando o manto e o capuz, ele andou em direção à casa de maneira um tanto melancólica, aleijado das pernas.

Por trás da neblina, ele pôde ver um vulto se aproximar, tomando a forma de uma pessoa. Era uma figura sinistra; alguém com uma máscara que encobria toda a cabeça. Na máscara estava pintada uma face semelhante à de um palhaço. Usava uma roupa larga e roxa, que cobria todo o corpo, completada por grandes meias e luvas, de maneira que era impossível ter pistas sobre a aparência de quem estava por detrás daquela fantasia.

— Vejo que chegamos juntos, Clóvis — disse o homem de capuz.

— Sim, Mestre Lisboa. Vamos entrar, os outros nos aguardam — respondeu a pessoa fantasiada, mas cada palavra que pronunciava era emitida com uma voz: de criança, velho, mulher, homem.

Mestre Lisboa, que era o homem de capuz, levantou a mão direita, negra, com chagas e três dedos amputados, e tocou na parede do casarão com o polegar e o indicador, os dedos que lhe sobravam.

— Estão atrasados. — Uma voz rouca reverberou pelo ambiente, vinda do alto.

Uma fenda grande se abriu na casa, como se a parede de concreto fosse apenas um tecido sendo rasgado.

— Perdoe-nos o atraso, Bororé. — Mestre Lisboa invadiu a fenda na parede, sendo acompanhado pelo estranho Clóvis.

Bororé, a mansão erguida no coração de uma floresta, era, na verdade, uma casa viva. Aquele lugar místico servia de ponto de encontro para os feiticeiros de Vera Cruz.

Após entrarem, a fenda se fechou. Internamente, o lugar tinha o ar úmido e seu primeiro espaço era um salão largo de paredes rústicas, lembrando o interior suado de uma caverna. Em alguns pontos existiam grafismos em baixo relevo e também esculturas. Pequenas esferas de luz azul flutuavam pelo cômodo, iluminando o ambiente.

— Os demais já estão na sala de reunião. — A voz rouca de Bororé ecoou pelo salão.

— Obrigado, Bororé — disse Clóvis, como sempre, emitindo cada palavra com uma voz diferente.

Os dois seguiram por um corredor da mansão até chegarem em um cômodo onde havia troncos de árvores que serviam como bancos e formavam um círculo. Em cada tronco estava uma pessoa sentada, e dois dos troncos estavam vagos, esperando Lisboa e Clóvis.

Todos os que estavam naquela reunião eram líderes de escolas de magia de Vera Cruz.

Mestre Lisboa era o líder dos Artistas, cuja magia se alimentava de suas criações artísticas. Quanto mais produzia artisticamente, mais feitiços era capaz de lançar. Ele era um arquiteto e escultor também conhecido como Aleijadinho em seu reino.

Clóvis era líder dos Carnavais, que criavam feitiços através de euforia humana e sempre ocultavam sua identidade.

Além dos dois, estavam lá outros cinco representantes:

Andarilho, líder dos Destiladores, uma escola de magia que possuía alambiques mágicos que destilavam sentimentos humanos e os transformavam em bebidas carregadas de Axé, a energia mágica de Vera Cruz, matéria-prima para os seus feitiços. Ele era um velho negro com cabelos trançados, que vivia maltrapido e sempre andava com uma grande bolsa de couro cheia de garrafas com as bebidas místicas. Por alguns, era maldosamente apelidado de Velho do Saco, e rodeado de lendas mentirosas sobre ser um sequestrador de crianças.

Matinta Pereira, que liderava a escola das Matintas Pereiras; eram sempre apresentadas como mulheres velhas com mantos, capazes de se transformar em corujas rasga-mortalhas.

Anartia, por sua vez, era a líder das Borboletas, uma escola de magia de mulheres que desenvolviam nas costas grandes pares de asas de borboleta. Anartia era negra, tinha cabelos cacheados, usava um vestido curto feito de folhas e suas asas eram nas cores preta e vermelha, com alguns pontos brancos.

Anhanguera era um pajé velho e usava um grande cocar de penas azuis e vermelhas na cabeça; era o líder dos Tribalistas, representante dos pajés.

E Exá, uma mulher negra vestida de branco com um turbante na cabeça, além de grandes cordões feitos com pequenas pedras. Liderava os Afrikos, que utilizavam o Axé por meio de rituais em honra a entidades.

— Sentem-se. Estávamos esperando vocês — disse Anhanguera após acertar o cocar na cabeça em um gesto todo seu.

Mestre Lisboa e Clóvis sentaram-se, cada um em um dos troncos vagos.

— Como devem ter sentido, uma poderosa e estranha energia vem envolvendo Vera Cruz. Algo diferente de tudo que já sentimos, não se parece com o Axé, a nossa energia — disse Matinta Pereira.

— O que acham que pode ser? — Anartia perguntou com sua voz meiga, batendo as asas.

— Acho que é algo novo para todos nós. A grande questão é que o portal para Ivi Marã Ei foi aberto. Não sabemos se isso tem alguma relação — Exá comentou com voz séria.

— Ivi Marã Ei deveria se reabrir somente daqui a quatrocentos anos — afirmou o velho Andarilho.

— Como sabem, Ivi Marã Ei é o lar dos deuses, a terra onde os males humanos não habitam. Guarda uma perigosa arma: a Borduna de Jurupari, o deus dos pesadelos. O responsável pela abertura do portal pode ter pego a arma ou estar tentando pegá-la — disse Anhanguera.

— Devemos buscar a entrada de Ivi Marã Ei para descobrir o que está acontecendo. Veremos se a Borduna ainda está lá e se encontramos mais respostas para essa estranha energia que está envolvendo nosso mundo — propôs Mestre Lisboa.

— A entrada de Ivi Marã Ei muda a cada vez que o portal se reabre. Não será fácil encontrá-la. Deveríamos consultar a guardiã dos sonhos — Clóvis falou com suas diferentes vozes.

— Vamos nos dividir. Alguns de nós começam as buscas pela entrada de Ivi Marã Ei, enquanto outros tentam pedir conselhos para a guardiã dos sonhos. Em Vera Cruz, existem cerâmicas mágicas que indicam um mapa com a localização da entrada de Ivi Marã Ei — sugeriu Anartia, com a voz meiga de sempre e batendo levemente as asas.

— Sim, vamos buscar algumas dessas cerâmicas! Que os dez deuses nos abençoem — concluiu Anhanguera.

Capítulo 1

O Mapa

Salve Pátria do Progresso!

Salve! Salve Deus a Igualdade!

Salve! Salve o Sol que raiou hoje,

Difundindo a Liberdade!

Maria Firmina dos Reis, "Hino à liberdade dos escravos"

Pedro Malazarte, o maior ladrão de toda Vera Cruz, estava dentro de uma pequena igreja em uma cidadela do interior de Lisarb. Sentado diante de um confessionário, olhava para as imagens dos santos e de Cristo na cruz refletindo a luz mansa do sol, que atravessava um pequeno conjunto de vitrais.

Coçou o nariz com o cheiro acre de parafina que vinha de um oratório a São Sebastião e ajustou o gorro vermelho que usava na cabeça. Vestia uma camisa branca sob um colete de couro de anta e calça marrom, e usava um cavanhaque de pelos ralos.

O gorro era um item raro e troféu de seu maior roubo. Tratava-se do gorro de um saci. Malazarte costumava ostentá-lo como evidência de que fora capaz de furtar algo praticamente impossível de ser roubado. Além disso, o gorro mágico lhe garantia alguns poderes, como o de controlar rajadas de vento.

— Eu pequei — disse o ladrão para seu interlocutor.

— E existe novidade nisso? Deixe-me ver. Roubou ou furtou? — reprovou a voz cansada do padre que o ouvia.

— Exatamente. Você me conhece mesmo, velho Francisco de Azevedo!

— Quem não te conhece? Pedro Malazarte — o padre concluiu com desdém —, o maior ladrão do mundo!

— Um orgulho, não é?

— Uma vergonha! Uma vergonha! Nada do que te ensinei valeu?

— Claro que valeu. Se não fosse o senhor, como eu cresceria, sem pai?

— Deus anda escrevendo mesmo em linhas tortas. Tutelado por um padre e vira ladrão? Reze dez ave-marias e quinze pai-nossos, Pedro. E pare de fazer essas coisas. "Não roubarás", lembra?

— Claro que lembro. Vamos! Pare de me dar sermões e me abrace, tanto tempo sem te ver, velho.

Malazarte saiu do confessionário e abriu os braços.

O velho e franzino padre de cabelos grisalhos, empacotado em uma batina preta, saiu da cabine do confessionário e deu um forte abraço no ladrão.

— Seja bem-vindo de volta, meu filho.

— Saudades desse velho.

— Vamos, Pedro. Se bem te conheço, não veio aqui apenas se confessar.

— O senhor me conhece como ninguém! Preciso fazer uma viagem e queria o Datilógrafo emprestado.

O padre fez uma careta enquanto fitava Malazarte. Após esfregar a mão na testa em um gesto de reflexão, ele falou, ranzinza:

— Da última vez que te emprestei, você o devolveu aos cacos, totalmente destruído.

— Juro por todos os santos que desta vez voltará inteiro, velho.

— Eu devia aprender a dizer "não" para você. Vamos tomar um café primeiro. Conte-me como você está, parece mais magro desde a última vez — o padre disse de maneira mais doce e gesticulou para que Pedro o seguisse.

— Não poderei ficar para conversar desta vez. Lisarb inteira está atrás de mim. Não posso ficar muito tempo aqui — disse Malazarte.

— Quem não está atrás de você, filho?

— O senhor. Pelo menos por enquanto — Malazarte falou e piscou um dos olhos para o padre.

— É, por enquanto mesmo. Mas nem pense em roubar esta igreja! — o padre disse em tom de reprovação e concluiu, enquanto balançava a cabeça em uma negativa: — Vamos ao que veio buscar.

Os dois atravessaram as portas da igreja e andaram alguns metros em meio às vielas da cidadela pacata. O local tinha pequenas casas de madeira e algumas de pedra. Viam-se idosos, que circulavam curvados pelos becos e ruas de barro pisado, crianças correndo, mulheres estendendo roupas em varais, homens a cavalo e galinhas perambulando desengonçadas entre as pessoas. As chaminés dos fogões a lenha cuspiam sua fumaça ao céu, e ouvia-se o canto dos pássaros nas copas das goiabeiras, amendoeiras e mangueiras, que predominavam entre as árvores do lugar. Seguiram recebendo o aceno de todos que cruzavam seu caminho. O Padre Francisco era figura de destaque na cidadela; rezava, batizava, ouvia confissões e cuidava das missas e dos casamentos, além de distribuir importantes sermões aos moradores, que o viam como um grande exemplo de pessoa; era admirado e respeitado por todos ali, como todo bom padre em cidades pequenas.

Em passos calmos, caminharam até um extremo deserto da cidadela, próximo a uma floresta, onde ficava um estábulo com telhado de sapé e aparência abandonada; entraram nele por um portão de madeira velha e maltratada, que rangeu ao ser aberto. Pedro se encantou com a visão que teve.

Lá estava o Datilógrafo, um veículo terrestre movido pela força do ar. Assemelhado a uma elegante berlinda, tinha um pequeno mastro com uma vela encolhida no topo e algumas hélices na traseira. O controle era feito por meio de um teclado datilográfico no painel do veículo.

— Sempre vou me impressionar com essa sua invenção! O senhor é o maior gênio de Vera Cruz! — Malazarte falou, empolgado.

— Vera Cruz tem muitos outros gênios, inclusive padres, como eu — Francisco disse e, após um gesto na direção do veículo, continuou: — Vamos, Pedro! Pode levá-lo, mas cuide bem dele.

Malazarte deu um forte abraço no padre, em seguida entrou na berlinda e apertou um botão do teclado datilográfico. A máquina tinha um tanque cilíndrico, que era um compressor de ar movido a *bottene*. Quando acionado, movimentava as hélices para que soprassem na vela, inflando-a com uma barriga cheia de ar. Foi assim que a máquina deu a partida e, devagar, foi deixando o estábulo.

Com uma das mãos, Malazarte acenou em despedida para o padre, já se distanciando do pacato vilarejo.

— Não se esqueça de rezar o que te mandei! — gritou o padre.

— Não esquecerei, velho! *Bença*! Até mais! Eu te amo!

O velho Francisco observou o veículo se afastando, estendeu as mãos para os céus e orou:

— Deus! O Senhor, que conhece todos os corações, sabe que esse rapaz, apesar dos pecados, tem um coração bondoso. Abençoe-o.

***

Zaila, princesa do Reino de Ouro Preto, ajustava seu vestido amarelo enquanto caminhava pelo salão de entrada do castelo. Ela era negra, como todos os habitantes de Ouro Preto, jovem e usava cabelos longos e trançados. Andava desalinhada e sem elegância, rogando pragas por ter que usar aquela roupa. Era uma guerreira, excelente em combates e péssima em etiqueta. Gostava de roupas leves com que pudesse se movimentar com mais liberdade, não de trajes rígidos como aquele. Mas esse era um dia especial: o Congado, a celebração anual do Reino Livre, aniversário da fundação de Ouro Preto.

Chico-Rei III, o pai de Zaila e rei de Ouro Preto, aproximou-se da filha, sorrindo:

— Oxum te abençoa com tanta beleza, minha filha.

O rei tinha barbas grisalhas e cheias, brincos alargadores, cabelos longos trançados e, apesar dos braços musculosos, era um pouco obeso. Vestia-se com uma calça branca e uma grande camisa vermelha, que ia até os joelhos.

— Eu odeio estas roupas. Toda essa formalidade... — Zaila ainda resmungava.

— Você está ótima, minha filha — Chico-Rei disse, simpático.

Dois homens vestidos de branco abriram a imensa porta de madeira do castelo para que Zaila e Chico-Rei III saíssem ao encontro da população do reino, que se aglomerava em uma praça diante do castelo. Assim que a porta se abriu, do lado de fora uma banda de instrumentos percussivos, em especial marimbas e atabaques, passou a tocar com vigor. A banda seguia um grupo de pessoas carregando estandartes e bandeiras, com roupas enfeitadas por fitas coloridas.

Além dos seres humanos, era possível ver, em um número reduzido, alguns *gorjalas*; criaturas gigantes, com cerca de cinco metros de altura, humanoides de pele negra, com dentes pontiagudos e olhos totalmente rubros. Eram monstros místicos que viviam em comunhão com os habitantes de Ouro Preto e tornaram-se aliados em suas guerras.

Ouro Preto era um reino de pouca tecnologia, mas grandioso em magia. Era um lugar de simplicidade, onde prevalecia a crença de que na tecnologia estava também o comprometimento com a ganância. Tudo naquele reino era muito arcaico em relação às outras grandes nações de Vera Cruz. A iluminação noturna se dava com tochas, os transportes eram à base de tração animal, as armas de fogo não existiam, mas o povo ia à guerra com a ajuda dos gigantes gorjalas e das magias de seus feiticeiros, em especial de Mestre Lisboa, o mais poderoso do reino.

Zaila caminhou ao lado do pai, preocupada em manter uma boa postura com seu vestido luxuoso, mas acabou andando bastante desajeitada. Os dois acenaram do topo das escadarias do castelo para o povo, que os aguardava e se emocionava ao vê-los. Após os gritos eufóricos dos que os observavam, Chico-Rei encaminhou-se a um trono forjado em ouro-preto, o metal mais resistente e raro de Vera Cruz, que era extraído em abundância de uma mina daquela nação, a mina da Encardideira. O belo trono preto era grande e exibia dois longos machados saindo das extremidades superiores.

Zaila, ainda se esforçando para caminhar com elegância, pegou com um serviçal do castelo uma coroa de ouro com diversas miniaturas de orixás esculpidas no topo e, em passos lentos, aproximou-se do pai, coroou-o, virou-se para os que assistiam e gritou com vigor:

— O Rei da Liberdade!

O público respondeu com gritos animados.

Aquele ritual de coroação fazia parte da celebração do Congado, a festa que lembrava que aquele reino era governado por um monarca da liberdade.

Chico-Rei levantou-se do trono, caminhou até o limite da escadaria e fez um gesto com o braço. Um silêncio se impôs para que ele palestrasse.

— Queridos irmãos de Ouro Preto, estamos aqui para celebrar mais um ano de existência deste que é o lar da liberdade e da justiça, longe da escravidão a que o povo branco de Lisarb e dos outros reinos querem nos obrigar. Nosso sangue corre pela justiça e pela paz para o nosso povo! Que a cor de nossa pele não nos escravize, mas nos liberte aqui, onde a justiça e a liberdade reinam! E que comecem as festividades! — Chico-Rei recebeu salvas entusiasmadas da população.

O rei e a princesa desceram as escadarias e se misturaram ao povo para se banquetear com comidas e bebidas. Havia um conjunto de barracas enfileiradas, como em uma feira, e em cada uma era servida uma delícia: cachaças, vinhos, carnes, feijoadas, angus etc..

A festa seguiu dentro da normalidade, com muita música e entusiasmo dos presentes, até que um vento forte soprou, suspendendo roupas, agitando as bandeiras e estandartes.

Levantando poeira, o vento parecia ter vida e circulava por Ouro Preto como se estivesse procurando alguém, quando chegou a Zaila. Em contato com a rajada, ela sentiu um odor forte de sangue, que lhe causou náuseas, e pôde ouvir o som do vento se alterar até tornar-se uma voz distorcida, que sussurrou em seu ouvido:

— Um mar de morte banhará o reino dos homens, a guerra se acentuará, e a liberdade estará ameaçada caso seu reino não seja forte. Os búzios mandam avisar.

— Quem é? Do que está falando? — Zaila gritou, defendendo-se da poeira que o vento trouxera.

Entretanto, a rajada já havia passado, o cheiro de sangue cessou, e todos em volta olhavam com estranhamento o gesto da princesa. Zaila percebeu que fora a única a ouvir a misteriosa voz. Retirou-se para o castelo, perturbada com o ocorrido.

***

Na noite posterior ao Congado, Zaila caminhava pelo majestoso castelo de Ouro Preto. Aquela construção fora concebida por Mestre Lisboa, o artista, arquiteto, feiticeiro e conselheiro do reino, no estilo que ele chamava de barroco mineiro. Possuía duas longas torres terminadas por abóbadas, e era para uma delas que Zaila se dirigia. Teria uma reunião com seu pai e o conselheiro Lisboa.

Vestida com roupas brancas e leves, subiu as escadarias da torre, chegando à sala das reuniões. Ao olhar os presentes, enfureceu-se. Não acreditava no que seus olhos estavam presenciando: sentados a uma mesa estavam seu pai, Mestre Lisboa e o ladrão Pedro Malazarte.

— Desgraçado! — Zaila partiu para cima do ladrão, atacando-o com socos.

Malazarte arremessou-a no chão com uma forte rajada de vento, invocada com o poder de seu gorro de saci.

— Acalme-se, Zaila! Ele é bem-vindo — Chico-Rei disse, entrando em sua frente e contendo-a.

— Como assim? Ele não pode ser bem-vindo! Ele já nos roubou, nos traiu!

— Não seja tão selvagem, princesinha! Venho em paz — Malazarte debochou.

— Sente-se e ouça o que temos a dizer — Chico-Rei pediu à filha.

Zaila sentou-se contrariada à mesa, enquanto encarava Malazarte com desprezo.

— Venho em paz. Em busca de um acordo.

— Que acordo? Vai devolver o ouro-preto que nos roubou da última vez em que esteve aqui? — Zaila falou, irritada.

— Sim. Já devolvi! Foi apenas um impulso. Eu estava precisando daquele material, mas já devolvi tudo para seu pai.

Zaila observou Chico-Rei, que acenou com a cabeça, confirmando que o ladrão não mentia.

— O que quer, então? — Zaila inquiriu.

— Roubei um importante objeto, me deu um trabalho infernal furtá-lo em meio à mais poderosa tribo de Vera Cruz. Este aqui.

Malazarte colocou na mesa um antigo vaso de barro, e em sua superfície havia o desenho de um mapa, que pareceu se mexer sozinho. O ladrão logo cobriu o mapa com as mãos e continuou a falar:

— A cerâmica das icamiabas. Este vaso mágico tem o mapa para a entrada de Ivi Marã Ei, a terra sagrada dos deuses. Essa terra guarda muitos tesouros e uma poderosa arma, a Borduna de Jurupari, o deus dos pesadelos. Não seria nada bom para vocês se essa borduna caísse nas mãos de um reino inimigo. Posso ajudar vocês a chegar lá antes das outras nações.

— O que você quer? Diga sem rodeios, Malazarte! Você quer nos vender esse mapa? É isso? — Zaila disse, desconfiada.

— Não. Quero que façam uma expedição e me ajudem a chegar lá. Ficarei com os tesouros do lugar e vocês ficarão com a borduna. Preciso de vocês porque sei que a entrada de Ivi Marã Ei é guardada por monstros que sozinho não poderei derrotar.

Zaila não continha a irritação:

— Quem nos garante que, chegando lá, você não vai nos roubar a borduna e vender para outro reino, ou que essa cerâmica não é falsa? Você é rasteiro! É um traidor!

— A cerâmica é original. E devemos encontrar a borduna antes que caia em mãos erradas. Vera Cruz está ameaçada por uma força além da nossa compreensão. Guardar a borduna é nossa prioridade agora — interveio Mestre Lisboa.

— Não confio nele — Zaila disse, apontando para Malazarte.

— Nós faremos a expedição com ele. Já estava decidido, filha — Chico-Rei afirmou.

— Se já tinham decidido, por que me chamaram?

— Porque você fará a expedição com Mestre Lisboa e Malazarte. Será a comandante. Precisa assumir seus papéis de liderança em Ouro Preto. Ficarei aqui para cuidar dos outros assuntos do reino.

Zaila enfureceu-se com a ordem do pai. Mas não podia contestar, sabia que de nada adiantaria. Faria uma longa jornada ao lado daquele que odiava.

Capítulo 2

O Luar.

Salve, ó Lua cândida,
Que trás dos altos montes
Erguendo a fronte pálida,
Dos negros horizontes
As sombras melancólicas
Vens ora afugentar
Salve, ó astro fúlgido,
Que brilhas docemente,
Melhor que o lume trêmulo
D'estrela inquieta, ardente,
Melhor que o brilho esplêndido
Do sol ferindo o mar!

Gonçalves Dias, "A lua"

Era noite. Urutau, um jovem indígena da tribo dos Tembés, estava deitado no chão da opy, uma pequena oca específica para a reza às entidades espirituais.

Ele olhava com visão turva para o teto empalhado da construção. Pendurado nele, estava um arco grande e branco de um material que lembrava mármore. Era um arco bonito, mas velho, sujo de poeira, além de um pouco de musgo acumulado em alguns pontos.

Urutau gostava de olhar aquele arco. O pajé da sua tribo costumava falar que era o "Arco Lunar", feito com um pedaço da lua e usado pela própria Deusa Jaci, a Deusa da Lua. Urutau não acreditava nessa história, mas gostava de contemplar a arma.

Estava bêbado. Havia bebido cauim demais, uma bebida alcoólica de mandioca fermentada com saliva. Além de bêbado, estava com o corpo coberto de pinturas totalmente desformes e fora das tradições da sua tribo. Assim era Urutau: um indígena excêntrico que pouco respeitava os costumes e gostava de estar dopado; mas apesar de seu comportamento indesejado, era apontado como o futuro pajé. Não que ele quisesse, mas essa fora a profecia que se fez quando ele nasceu.

Assim que cortaram seu cordão umbilical, o pajé revirou os olhos e gritou que aquele seria seu substituto e também que carregaria a maldição do demônio Azã. Urutau nunca se importou muito com a profecia, tampouco com a maldição, apenas vivia um dia após o outro, sem muitos amigos e sem aptidão nenhuma para a espiritualidade pajé. Gostava de fazer desenhos corporais sem sentido, cantar músicas que criava e falar com animais como um louco. E tinha algo que o empolgava mais que tudo: a arte do arco e flecha. Exímio arqueiro, tinha a pontaria boa como poucos.

Enquanto contemplava o arco branco no teto da opy, podia ouvir os gritos, cantos e maracas da aldeia, que festejava a "festa da menina moça", uma celebração da passagem para a puberdade de algumas das indígenas.

— Urutau! O que está fazendo aqui? Você também sentiu? — perguntou o pajé, adentrando a opy afobado.

Era um homem ossudo de face enrugada, com um grande cocar azul na cabeça.

— Senti o quê? — Urutau levantou-se cambaleando.

— Que pintura é essa em seu corpo, Urutau? Está profanando as tradições mais uma vez?

— Não sei, eu decidi fazer desse jeito. Uma pintura nova.

— Você está embebedado! Por isso não sentiu! Está fazendo tudo errado! Não será nunca um pajé dessa forma.

— Sentir o quê? Do que está falando, pajé?

O pajé então acendeu um cigarro longo de tauari e começou a baforar uma fumaça espessa em cima de Urutau.

— Vamos espantar esses espíritos ruins que te fazem assim tão displicente.

Urutau fugiu das baforadas do pajé.

— Pare com isso, pajé! Eu só bebi um pouco. O que você queria que eu tivesse sentido?

— Ivi Marã Ei foi aberta. Eu pude sentir. Isso significa que é preciso guardar a borduna de Jurupari para que não caia em mãos erradas.

— Você também bebeu do cauim, não é, pajé? Se empolgou com a festa da menina moça, foi? Fale a verdade.

O diálogo entre os dois se interrompeu quando, do lado de fora, os gritos de comemoração da tribo transformaram-se em gritos de desespero.

Urutau e o pajé saíram da opy para verificar o que tinha acontecido e viram um inferno de fogo consumindo a aldeia.

Um homem ateava fogo pelo braço. Ele era de meia idade e tinha barbas cheias e grisalhas, vestia camisa branca encardida, calça marrom, além de botas, chapéu e um colete longo feitos de couro. Seu braço direito era de ferro com ligas e engrenagens. Era um braço mecânico movido a bottene; no ombro, um pequeno cano de escapamento cuspia fumaça da combustão para o alto, enquanto na palma da mão mecânica existia um tubo que expelia a rajada de fogo sobre as ocas.

Esse homem era Domingos Velho, um experiente bandeirante a serviço de Lisarb. Estava acompanhado de um pequeno exército de homens armados com mosquetes e de um tanque movido a bottene com lugar para apenas uma pessoa e um canhão Krupp acoplado. Aquele poderoso canhão era apelidado de "matadeira".

Com a matadeira, os invasores causaram um pandemônio de explosões e caos.

— Urutau! Fuja! Leve o Arco Lunar e proteja-o. E arrume um jeito de ir para Ivi Marã Ei. Não deixe que a borduna de Jurupari caia nas mãos erradas! Vá! Os dez deuses irão te abençoar! — o pajé gritou, soprando mais da fumaça do tauari na cara de Urutau.

Urutau não sabia exatamente o que fazer, mas sem ter tempo para pensar, acolheu a decisão do seu pajé. Correu para opy, pegou o Arco Lunar e, assim que olhou para trás, viu seu pajé ser incendiado pelo homem do braço mecânico. Tudo se apagou.

Urutau acordou com o sol batendo em seu rosto, furando o teto de palha, que estava danificado. Sentia ressaca na boca, provavelmente por causa do cauim bebido na noite anterior. Jazia deitado no chão. Olhou para o alto e viu o teto da opy, mas desta vez sem o Arco Lunar. Estava deitado no chão. Olhou para o lado e viu que o arco estava com ele. Pensava se tudo não passara de um sonho ruim.

Levantou-se e saiu da opy. Encontrou um cenário desolador: sua aldeia estava toda em cinzas, com alguns pontos ainda em chamas e diversos cadáveres espalhados. Indígenas e soldados de Lisarb.

Não lembrava como escapara vivo da noite anterior. Não sabia o que fazer, uma vez que toda sua tribo fora dizimada. Tinha apenas duas certezas: deveria guardar o Arco Lunar e chegar a Ivi Marã Ei.

***

Era noite e Malazarte estava no Datilógrafo, controlando o veículo à frente de uma caravana de guerreiros de Ouro Preto. Carregava atencioso a Cerâmica das Icamiabas, o mapa mágico para chegar a Ivi Marã Ei.

Seguiam pela estrada de terra aberta no meio da floresta cerca de cinquenta homens e mulheres armados com lanças e escudos, cavalgando *cavalos sem cabeça*. Além deles, quatro dos gigantes gorjalas acompanhavam o grupo.

Aquela era a expedição que, comandada pela princesa Zaila e guiada pelo ladrão Malazarte, ia para Ivi Marã Ei.

— Esses gigantes são muito lentos! Nessa velocidade não chegaremos nunca lá — Malazarte queixou-se, apontando para um dos gorjalas que os seguiam com passos pesados.

Zaila e Mestre Lisboa, cada um em um *cavalo sem cabeça*, estavam ao lado do Datilógrafo na dianteira da caravana.

— Eles são lentos, mas são incrivelmente fortes em caso de emergência — Zaila falou.

A princesa carregava com ela um belo machado, grande e com diversos grafismos em sua superfície.

— Esse seu machado é realmente o Koiré? — Malazarte perguntou, observando a arma.

— Sim, mas tire os olhos daqui. Nem sonhe em roubá-lo. Se tentar, eu juro que arranco sua cabeça.

— O lendário machado que pertenceu aos deuses e que canta quando vai se alimentar do sangue dos seus oponentes. Acho que eu conseguiria um bom dinheiro com ele — Malazarte debochou.

Zaila olhou para o ladrão com ódio e o machado começou a emitir um canto empolgante.

O *cavalo sem cabeça* do Mestre Lisboa parou seu trote fazendo com que os demais também estacassem.

— O que houve, Aleijadinho? Não temos tempo a perder. Por que parou? — Malazarte reclamou.

Mestre Lisboa ajustou seu capuz, melhorando o campo de visão, e passou a olhar com atenção ao seu entorno. Ele disse:

— Tem algo errado. Estamos sendo observados. Posso sentir.

À direita deles, havia um morro repleto de mata e, à esquerda, um caminho que os levaria a um rio.

O grupo parou tenso, olhando para todas as direções, até que o ar foi tomado por um zumbido vindo detrás do morro.

— Merda! — Malazarte gritou.

Ele observou dois aviões Demoiselle surgirem detrás do morro. Eram leves e ágeis, com longarinas de bambu e juntas de metal leve, e possuíam as asas e a cauda cobertas por seda. O motor era acoplado a uma hélice sobre as asas, acima do assento do piloto, e o leme se encontrava na cauda. Próxima ao banco do piloto, no centro da aeronave, havia uma Gatling, metralhadora de seis canos que rotacionavam por meio de uma manivela, o que exigia destreza dos pilotos, que precisavam controlar o voo e a artilharia.

— Lisarb nos ataca! Foi uma emboscada armada com sua ajuda, não é, seu demônio maldito? — Zaila encarou Malazarte, enfurecida.

— Não! Eles podem ter nos visto. Eles têm sentinelas aéreos. Eu não nos entreguei! — Malazarte se defendeu.

Os Demoiselle deram rasantes, derramando uma chuva de tiros com suas Gatling, ferindo e matando alguns dos guerreiros de Ouro Preto.

Por terra, uma infantaria de Lisarb descia o morro e avançava em direção à caravana. Eram soldados armados com mosquetes; armas de fogo de cano longo, com hastes predominantemente de madeira. Seus trajes militares eram dólmãs compridos azuis com ombreiras ornadas em dourado, calças vermelhas e quepes azuis. Comandando os homens em terra estava o bandeirante Domingos Velho, o homem de braço mecânico e chapéu de couro longo.

Um sangrento conflito se iniciou entre os guerreiros de Ouro Preto e os soldados de Lisarb. Em meio ao caos, Malazarte acelerou seu veículo tentando fugir da batalha. Ao perceber a fuga do ladrão, Zaila gritou em protesto:

— Covarde! Volta aqui! Você nos entregou!

No rastro do ladrão, ela galopou com seu cavalo sem cabeça, e seu machado cantava uma música cativante, pedindo sangue.

Enquanto a luta se prolongava, com os gigantes gorjalas segurando os soldados de Lisarb debaixo dos braços e devorando suas cabeças, Mestre Lisboa esculpiu rapidamente um pequeno ídolo em pedra sabão.

A escultura lhe deu poderes mágicos, e ele gritou palavras desconhecidas. Em seguida, um gigante de pedra de forma humanoide, com o dobro do tamanho dos gorjalas, surgiu no campo, erguendo-se a partir da terra.

O gigante de pedra passou a lutar do lado dos guerreiros de Ouro Preto, que a partir de então se viram em vantagem na batalha.

Pela atmosfera, apareceu flutuando uma pessoa que usava a máscara de um diabo com uma grande língua de fora. Suas roupas largas, que cobriam todo o corpo, tornavam impossível descobrir sua identidade. Tratava-se de um feiticeiro da escola Carnaval.

O Diabo fez um gesto com a mão direita, e logo o gigante de pedra invocado pelo Mestre Lisboa se desfez, transformando-se em um amontoado de terra no chão.

— Pretende ganhar uma guerra com truques tão fracos assim, Mestre Lisboa? — disse o Diabo, com cada palavra sendo pronunciada por uma voz diferente.

— Oras, se não é o Diabo, o antigo líder do carnavais. Um feiticeiro banido, que se aliou a uma ditadura maléfica — Mestre Lisboa disse.

— Sua maldição o deixou aleijado, você está sendo consumido por ela e sua capacidade de gerar axé diminui muito nos últimos tempos. Você é muito inferior a mim, Lisboa. Renda-se.

Em seguida, o Diabo esboçou movimentos com os braços e invocou bolas de fogo que colidiram contra os gorjalas, derrubando-os. Com os gorjalas caídos, os soldados de Lisarb, por superioridade numérica, voltaram a ter vantagem na batalha.

***

No outro extremo estava Malazarte pilotando o Datilógrafo enquanto era perseguido por Zaila, a galope, com o Koieré.

Um tiro de canhão que caiu próximo aos dois os arremessou. Zaila foi jogada para fora de sua montaria, perdeu a posse do Koieré e desfaleceu no chão, enquanto Malazarte caiu desacordado dentro do Datilógrafo, que havia tombado com a explosão.

A explosão foi provocada por um canhão matadeira controlado por Domingos Velho, que o carregava em uma pequena carroça de duas rodas. Após o tiro, ele se aproximou de Malazarte, que ainda voltava a si.

Além de estar muito tonto, o ladrão ouvia um zunido. Com esforço, ele saiu do Datilógrafo e foi surpreendido pela mão mecânica de Domingos. O bandeirante agarrou-o pela garganta e suspendeu-o do chão. Malazarte debatia os pés buscando desesperadamente um solo para apoiá-los. Domingos sorria de maneira sinistra enquanto olhava o rosto vermelho e apavorado do ladino.

— Que sorte a minha! Falaram os sentinelas que uma caravana passava com a princesa imunda, Zaila, mas não me contaram que eu teria também a sorte de encontrar o famoso ladrão, Pedro Malazarte.

Malazarte estava à beira da asfixia quando ouviu um estrondo e caiu sentado no chão. Respirando ofegante, ele tentava entender o que aconteceu. Olhou para Domingos diante dele e se deu conta de que o braço mecânico do bandeirante havia sido amputado, com o metal rasgado e vazando combustível bottene. Olhou para o chão e pôde ver o braço caído a cerca de dois metros dele. Mais adiante, estava um indígena com um arco branco apontado para o bandeirante. O indígena retesou a corda do arco, e uma flecha de energia em luz branca magicamente se fez.

— Ainda estou pegando jeito com a arma, mas juro que esta vai na cabeça — disse o indígena, que ostentava estranhas pinturas no corpo.

Domingos, desesperado, correu e se embrenhou na mata próxima enquanto rogava assustado:

— Maldito! Maldito!

Malazarte levantou-se um pouco tonto, tentando se recuperar. Olhou para o combate que ainda acontecia a alguns metros dele e viu que Lisarb estava triturando Ouro Preto. Ele correu na direção do Datilógrafo e empurrou-o, utilizando o poder de seu gorro para gerar uma ventania que o auxiliasse a levantar o veículo. Depois de subir nele, apertou um botão no teclado datilográfico e viu que o equipamento ainda estava funcionando. Dentro do Datilógrafo, a Cerâmica das Icamiabas jazia intacta.

— Vamos, índio! Você arrancou o braço daquele idiota, ele voltará com reforços. Entre no veículo e fuja comigo — Malazarte falou para Urutau.

— E a guerreira? — Urutau apontou para Zaila, caída desacordada no chão ao lado do Koieré.

— Ainda tem essa idiota! Vamos, me ajude a pegá-la — Malazarte disse.

Urutau e Malazarte colocaram Zaila com o Koieré no Datilógrafo.

Os dois aviões Demoiselle deram rasantes e esparramaram uma chuva de balas na tentativa de abater o Datilógrafo.

— Merda! Merda! Eles vão nos matar. — Malazarte se encolheu em um gesto simbólico, como se aquilo pudesse livrá-lo dos tiros.

Urutau ficou de pé ao lado do Datilógrafo, retesou novamente a corda de seu grande arco branco, e uma flecha de luz se fez. Ele disparou a flecha mágica, que colidiu com um dos aviões, explodindo-o. Repetiu o procedimento abatendo também o segundo avião.

— Sintam o poder de Jaci!

O indígena comemorou dançando de um jeito engraçado, que para Malazarte parecia bastante desengonçado.

"Louco!", pensou Malazarte.

— Entre, índio! Vamos fugir — o ladrão disse.

Eles partiram com o Datilógrafo.

Após certo percurso em terra, Malazarte entrou com o Datilógrafo no rio que margeava o caminho. Apertou alguns botões no teclado datilográfico e o veículo iniciou uma transformação, tornando-se uma espécie de barco.

Seguiram silenciosos pelo rio com a luz do veículo apagada para não deixar rastros.

Capítulo 3

Santos e demônios

MACÁRIO: *Esta cidade deveria ter o teu nome.*

SATANÁS: *Tem o de um santo: é quase o mesmo. Não é o hábito que faz o monge.*

Álvares de Azevedo, "Macário"

Ajoelhada diante de um altar, uma jovem de cabelos curtos e roupas brancas humildes rezava perante a imagem de Santa Isabel.

Estava ali fazendo uma promessa: se voltasse ao trono de Lisarb, ergueria a maior catedral que o mundo já havia visto em homenagem à santa, que tinha o mesmo nome que o seu.

Era uma foragida. Antiga princesa do Império de Lisarb, agora escondia-se por cidadelas como aquela em que estava, tentando organizar uma revolução que trouxesse a monarquia de volta ao país. Uma utopia bem distante de tornar-se realidade.

Católica fervorosa, ela pedia proteção a Santa Isabel, enquanto, de joelhos, rezava um terço.

— Precisamos ir, Isabel. Júlio César nos espera — disse um homem de pé atrás dela.

Ele tinha cabelos longos, lisos e pretos na altura dos ombros, barba por fazer, usava calças, botas e camisa pretas ornadas em vermelho; e, presa ao pescoço, uma capa também preta feita de couro.

A capa do homem era imponente e revoava de maneira elegante à medida que ele caminhava em direção a Isabel. Era um homem cheio de saúde e postura de lorde. Além da capa, ele portava presa a uma bainha uma espada de prata com um dragão serpe esculpido na parte superior do cabo. O dragão levava na boca uma pedra vermelha lapidada como diamante.

Aquele homem era o guarda pessoal e quem escoltava a princesa em fuga desde que a ditadura militar se instaurara em Lisarb com o comando do General Kaput. Ninguém sabia ao certo seu nome. Chamavam-no ou de Castilho, que era o seu sobrenome, ou de Capa Preta, apelido que se devia ao item que herdara da sua família. Era uma bela capa que, segundo a lenda, era mágica e tinha sido feita com o couro de uma serpente negra colossal, conhecida pelos indígenas como Boiuna. Era uma capa leve mas extremamente resistente, nem mesmo um tiro era capaz de perfurá-la.

Já a espada que carregava não pertencia a ele. Era de Isabel, sua protegida. Era a espada dos Bragança, a família imperial. Dizia a lenda que a pedra vermelha daquela espada era um carbúnculo, uma pedra mágica utilizada pelos deuses.

As famílias Castilho e Bragança cultivavam uma parceria de lealdade mútua havia gerações. Naquele momento em que os imperiais eram perseguidos, os Capa Preta, como eram conhecidos os membros da família Castilho, estavam ajudando os Bragança dentro de suas possibilidades.

— Sim, Capa Preta. Vamos. A promessa já foi feita, que Santa Isabel me ilumine. — A ex-princesa levantou-se e fez o sinal da cruz, despedindo-se do altar.

Os dois andaram em direção à saída da capela e se depararam com um grupo de cinco soldados da ditadura de Lisarb, que esboçavam gestos ansiosos e tinham os olhares fixos em Isabel.

— Eu tenho certeza! É ela, essa maldita! A princesa foragida! Tive certeza quando a vi entrar na capela — disse um dos militares, apontando um mosquete.

Isabel manteve-se em silêncio enquanto era espreitada pelos outros militares.

— Deixe disso, homem. Essa jovem nem de longe é uma princesa. É apenas uma devota de Santa Isabel que veio à capela rezar — disse Castilho, tentando disfarçar.

— Você deve ser mais um desses revolucionários pró-monarquia, escoltando--a! Eu não sou louco! É ela! E por via das dúvidas, vamos levá-la conosco — o soldado falou, apontando seu mosquete para Castilho.

— Vamos! Não tente me enganar! Eu reconheceria esse rosto de longe — outro militar disse com o cano da arma tocando a bochecha de Isabel.

Castilho desembainhou a espada de prata e cortou o cano do mosquete com um golpe rápido. O carbúnculo incrustado estava aceso com uma luz avermelhada, demonstrando que a arma estava com seus poderes místicos em uso.

Os demais soldados se assustaram com a ação e atiraram com seus mosquetes contra Castilho, que suspendeu a capa e cobriu-se com ela. A capa mágica agiu como um escudo, recebendo os tiros e permanecendo intacta.

Em movimentos rápidos, Castilho cortou o cano das armas de todos e golpeou-os com os pés, cotovelos e mãos.

— Rápido! Vamos! — o Capa Preta gritou enquanto puxava Isabel pelo braço.

Os dois aproveitaram para fugir enquanto os soldados ainda estavam atordoados. Atravessaram as ruas principais da cidade, trombando nas pessoas em seu caminho. Correram o máximo que puderam até adentrar a floresta próxima. Lá, em uma clareira, havia um balão dirigível estacionado com um homem à espera.

— Vamos, Júlio. Temos que sair daqui. Nos descobriram! — Isabel gritou afoita.

— Do que fala? O que aconteceu? — perguntou o homem.

— Não temos tempo para explicar. Vamos! — Isabel disse impaciente.

O homem era Júlio César Ribeiro, um engenheiro aeronáutico que ganhara muito apoio em seus projetos durante o governo imperial, e que em reconhecimento agora ajudava Isabel, fornecendo viagens com seus dirigíveis. Ele era um homem elegante de terno, ostentando um cavanhaque grande e óculos que pareciam uma mistura do modelo de aviador com óculos normais, com uma armação mais resistente e com hastes.

O dirigível era bonito, com uma grande lona vermelha onde se lia "Victoria" em dourado, que era o nome do aeróstato.

— Vamos, então! Entrem rápido no Victoria! — Júlio César disse.

Os três entraram no dirigível e Júlio desatou as cordas que o prendiam a uma árvore.

O Victoria tomou os ares e partiu em viagem.

***

Debaixo de uma garoa, Domingos Velho, o bandeirante, caminhava sobre um chão de paralelepípedos suados. Acima dele passavam alguns dirigíveis, ao seu lado, bondes com grandes canos de descarga expeliam fumaça da combustão do álcool. Os postes de lamparina a gás estavam acesos, iluminando as ruas movimentadas onde trafegavam carros *Sansaud de Lavaud*. Nas calçadas era possível ver homens vestidos elegantemente com terno e chapéu, alguns fumando cigarrilhas, enquanto as mulheres usavam vestidos longos coloridos com espartilhos e, algumas, exuberantes chapéus.

Em seus trajes rústicos de sempre, sujo de lama e ostentando barbas cheias, Domingos destoava da elegância que se via pelas ruas. Ademais, faltava-lhe o braço direito, uma vez que seu braço mecânico fora destruído pela flecha de energia de um indígena. Lembrar do índio empunhando o imponente arco branco chegava a lhe dar pesadelos.

Atravessando as ruas da Grande Lapa, capital de Lisarb, Domingos se encaminhou ao Palácio do Catete, sede do governo ditatorial, rumo ao gabinete do líder máximo da ditadura, General Kaput.

As paredes do gabinete eram enfeitadas por retratos pintados de generais, e havia uma grande bandeira de faixas horizontais revezando as cores verde e amarela; na parte superior esquerda, um retângulo azul com vinte e uma estrelas brancas.

Além de Domingos, estavam no local o general Kaput e Diabo, o feiticeiro carnaval que usava uma máscara de demônio com língua de fora.

O bandeirante se apresentou, mas não bateu continência como era a vontade de Kaput. Era um homem tão bruto e rústico que até para formalidades militares se complicava. Mas era de uma bravura e sede de combate tão grandes que Kaput preferia designar certas tarefas a ele do que a homens mais refinados e menos eficientes.

Kaput era alto, ossudo, tinha cabelos lisos e grisalhos na altura do pescoço e barba feita. Vestia um traje militar solene, com calças e camisa vermelhas, uma capa azul e ombreiras igualmente azuis com estrelas brancas. Usava também um monóculo no olho direito.

— O que aconteceu com seu braço e como foram as missões que designei a vocês? — perguntou Kaput.

— Um índio infernal conseguiu me vencer por duas ocasiões, e na segunda destruiu meu braço. — Domingos constrangia-se ao falar.

— Como ele fez isso? — Kaput questionou.

— Depois que o senhor me passou a missão de resgatar o arco branco na aldeia dos tembés, eu fui até lá com os soldados. Ateamos fogo em parte da aldeia e estávamos caçando o arco, quando um índio gritou horrorizado e foi tomado por satanás! Sim! Aquilo era obra de demônios! Ele teve o corpo todo tomado por penas, da boca dele surgiu um bico e, das costas, um par de asas. Ele correu para uma oca nessa forma de pássaro e lá empunhou o arco branco e passou a disparar flechas de energia, matando meus homens. As flechas eram tão poderosas que explodiam a cabeça dos nossos soldados; e, para piorar, o capeta tinha o corpo fechado. Nossos tiros pareciam não fazer efeito contra ele. Eu fugi, era impossível vencê-lo.

Kaput ajustou seu monóculo em um gesto muito pessoal e comentou:

— Então o desgraçado conseguiu despertar o poder do Arco Lunar! Mas por que será que ele se tornou um homem-ave?

— Ele tem a maldição de Azã. Sempre que fica totalmente enfurecido ou desesperado, seu corpo é tomado pelo espírito de um pássaro da noite — disse Diabo, o feiticeiro, com cada palavra sendo pronunciada por uma voz.

— Interessante — Kaput analisou e continuou: — Soube da investida de vocês contra a expedição de Ouro Preto. Conte-me como foi, Domingos.

— Juntei meus soldados com outros para atacar uma caravana de Ouro Preto que foi avistada. Diziam que a princesa Zaila estava nela. Atacamos a expedição e lá encontramos não só Zaila, mas também o ladrão Malazarte.

— Malazarte?! Aquele desgraçado precisa morrer! A morte dele é nossa maior prioridade! — Kaput irritou-se.

— Estávamos bem no combate graças à ajuda do Diabo. — Domingos apontou para o feiticeiro e concluiu: — Mas, outra vez, o índio maldito surgiu. Agora em sua forma humana, ele usou o arco e destruiu meu braço mecânico, e depois dois aviões.

— Vá para a sala de engenharia e peça para que refaçam seu braço mecânico. Preciso de você para novas missões. Em breve, você utilizará uma poderosa e nova arma que estamos construindo.

Domingos acenou em positivo com a cabeça e saiu do ambiente.

— E quanto a você. Não conseguiu deter o índio, Malazarte e Zaila? Achei que ter um poderoso feiticeiro do meu lado me ajudaria — Kaput questionou Diabo.

— Mestre Lisboa estava lá. E ele me reteve muito tempo. Estive melhor que ele na nossa luta, mas ele conseguiu fugir.

— Esperava mais de você, mas vamos esquecer isso. Temos prioridades. Devemos nos empenhar na conclusão da mais poderosa arma de Lisarb.

— Sim.

Capítulo 4

Brasil

Recebe o afeto que se encerra
Em nosso peito juvenil
Querido símbolo da terra
Da amada terra do Brasil

Olavo Bilac, "Hino à Bandeira"

Oiti caminhava olhando para baixo, vendo seus calcanhares avançarem intercalados, um após o outro. Conseguia ter essa visão porque tinha os pés virados para trás. Não se tratava de uma deficiência, pois era um Curupira, uma raça de criaturas mágicas que habitava Vera Cruz e que possuía esses característicos pés.

Além dos pés virados, ele tinha cabelos vermelhos e revoados, orelhas pontiagudas e aproximadamente 1,65 m de altura. Vestia-se com uma roupa feita de folhas e flores e carregava consigo uma lança de madeira.

Caminhava em um salão com chão de madeira vermelha. Estava dentro da *Brasil*, uma árvore colossal que abrigava os da sua espécie. Era uma árvore gigantesca, oca por dentro, onde existia um complexo reino verticalizado de curupiras, com casas, escolas, tavernas, templos etc.. Brasil ficava em um lugar mágico de Vera Cruz, onde sempre era dia.

Ele era um príncipe. Muito contestado quanto a suas capacidades entres os conselheiros do reino; mas, ainda assim, era ele que por direito de linhagem herdaria o reinado.

Naquele ponto elevado da Brasil ficava o salão real; um recinto iluminado pelo sol que se derramava através dos furos na parede e no teto; uma luz de um tom dourado bonito, que avermelhava os olhos de Oiti. Ele avançava decidido através do salão. Estacou diante de seus pais, os reis dos curupiras, que se sentavam em largos tronos de pedra.

— Majestade — disse, de joelhos, o príncipe com seus cabelos vermelhos brilhando ao sol.

— O que deseja, príncipe Oiti? — disse seco o rei.

— Vim pedir para me dar uma chance de buscar novas informações antes de iniciar os ataques aos mutucus.

— Por que me pede isso? Eles são inimigos, causaram esta desgraça. Nos traíram!

— Não temos provas de que foram eles, majestade.

— E quem mais seria?

— Pode ser uma doença natural.

— Todos os botânicos estão trabalhando nisso e eles nunca viram algo assim. A Brasil está com uma praga de que jamais ouvimos falar. Nenhum tratamento funciona. Isso não é algo natural. Os mutucus devem ter introduzido essa praga quando estiveram aqui.

— Caso não tenham sido eles, estaremos cometendo uma grande injustiça. Por favor, pai, dê-me uma chance.

— Não me chame de pai, aqui exerço a autoridade de rei! — irritou-se o rei e, após acalmar-se, concluiu: — O que pretende fazer, príncipe Oiti?

— Pretendo ir ao mundo dos sonhos com uma raspa do fungo que está consumindo a Brasil e lá buscar respostas, fazer estudos. A maior biblioteca de Vera Cruz de que temos notícia é controlada pela guardiã dos sonhos. — O príncipe mostrou a pequena urna de pedra que carregava, onde estariam raspas do fungo que contaminava a Brasil.

— Vamos, Majestade, dê uma chance para nosso príncipe agir — disse a rainha, interferindo no debate entre pai e filho.

— Peço apenas mais alguns dias. Por favor, precisam confiar em mim. Serei capaz de trazer as respostas. Uma guerra seria terrível para nossa população — Oiti suplicou.

— Tenho minhas dúvidas quanto à sua capacidade! Sua alma ainda não é tão benevolente. Não conseguiu domar um porco selvagem! — o rei criticou.

Oiti abaixou a cabeça com vergonha e silenciou por um tempo, até pedir:

— Por favor, dê-me uma chance de mostrar meu valor.

O rei teve seus cabelos incandescidos, demonstrando que despertava seus poderes mágicos. Não que ele quisesse, mas a irritação o fez despertar seus poderes.

— Tudo bem, príncipe Oiti. Mais alguns dias. Mas tome cuidado. Pode retirar-se — sentenciou o rei.

— Obrigado.

Oiti levantou-se e saiu do salão. Andou até um elevador aberto de madeira, que era movido a magia e interligava os andares flutuando por dentro da Brasil. De posse do item, desceu cem andares até chegar na base da árvore.

Oiti refletia sobre a importante missão que impôs a si próprio; queria evitar uma guerra e faria de tudo para alcançar seu objetivo. Força de vontade não lhe faltava. Estudava por horas com afinco sobre todas formas de conhecimento que acrescentassem à sua trajetória de futuro rei, treinava de maneira cansativa artes de combate e nunca dormia mais de quatro horas por dia. Era disciplinado e decidido. Talvez isso fosse uma resposta aos que duvidavam de sua capacidade como futuro monarca.

No solo, caminhou observando a urna de pedra que carregava, preocupado e pensativo. A vida dos curupiras estava intimamente ligada àquela gigantesca árvore. Todo axé, o poder mágico que os curupiras tinham por natureza, provinha dela. Com a Brasil enfraquecendo-se, eles também sentiam atrofiar suas magias, e ninguém sabia ao certo o que aconteceria aos curupiras caso a Brasil morresse. Talvez sua raça fosse dizimada.

A notícia de que uma praga infestara a árvore era mantida em sigilo para que a população não entrasse em desespero, mas os botânicos trabalhavam incansavelmente buscando uma cura. Entretanto, o trabalho não havia surtido efeito até aquele momento.

Os demais curupiras que encontrou pelo caminho cumprimentaram o príncipe de maneira formal. Oiti prosseguiu sua caminhada até passar por um curupira guerreiro montado em um imenso porco selvagem de pelos pretos. O animal tinha cerca de três metros de altura, pelos brilhantes e galopava de um jeito triunfante.

Oiti observou-os passar diante dele com certa tristeza e inveja. Aqueles porcos selvagens eram apenas montados por grandes guerreiros. A forma de cavalgar um deles era entrando em comunhão com o animal, que era mágico e sentia a nobreza da alma de quem o montava. Uma vez que Oiti jamais conseguira despertar esse tipo de comunhão em nenhum animal, as desconfianças do reino pairavam sobre dele, e a sua capacidade como príncipe herdeiro era constantemente questionada.

Desvencilhando-se desses pensamentos, ele seguiu em direção à saída da Brasil, que era um imenso portão na base da árvore. As sentinelas o abriram assim que viram o príncipe acenando, deixando-o sair rumo à floresta próxima.

Oiti andou por horas pela floresta até chegar em um ponto onde o céu sempre diurno fazia fronteira com um céu sempre noturno. Era um belo contraste que o curupira gostava de apreciar.

Ele atravessou para a parte noturna e prosseguiu até chegar perto de um grande e assombroso pântano, em cujas águas boiava uma imensa vitória-régia. Sobre as gigantes folhas dela, havia ocas. No centro do pântano, uma flor lilás gigante, com cerca de dez metros de altura, brilhava.

Aquele pântano era o lar dos mutucus, seres de aparência muito semelhante aos curupiras. A única diferença era que os mutucus tinham pele negra e cabelo branco, além de olhos azuis.

Os curupiras acreditavam que sua missão sagrada em Vera Cruz era auxiliar todas as outras formas de vida, o que incluía os seres humanos, apesar de todos os erros que viam naquela raça. Costumavam aplicar corretivos nos homens com frequência, mas jamais provocavam massacres. Já os mutucus detestavam os humanos por todo o mal que eles faziam para a natureza de Vera Cruz, e por esse único motivo matavam-nos aos montes ou sozinhos, independente do humano em questão ter feito algo errado. Por essa discordância no trato com os homens, mutucus e curupiras viviam em constante conflito.

Porém, nessa época viviam em trégua, pois após diversas reuniões haviam chegado a um acordo de paz. Para comemorar, a família dos líderes dos mutucus compareceu a uma celebração dentro da Brasil; mas pouco depois, quando retornaram, os curupiras descobriram que uma praga se alastrava pela árvore.

Por conta disso, uma nova guerra entre mutucus e curupira parecia iminente.

— Você demorou! — disse uma voz feminina por detrás de Oiti.

— Sim. As coisas não estão boas pra gente. Temos poucos dias pra resolver essa situação.

Oiti olhou para trás e viu uma linda mutucu. Ela se vestia com uma roupa feita de raízes e tinha os olhos grandes e azuis.

— Que bom te ver, Yataí — Oiti disse de maneira fria.

— Vocês curupiras são tão formais. — Yataí avançou e beijou Oiti na boca, sendo correspondida.

— Nossos caminhos estão cada vez mais complicados, Yataí. Você é uma princesa mutucu e eu um príncipe Curupira. Se uma guerra de fato acontecer, nossa união será impossível.

— Não tem nada de impossível! Mesmo sem guerra, nossas famílias nunca aceitarão que a gente fique junto. Nós podemos fugir e deixar tudo para trás se quisermos.

— Não quero fugir. Quero unir nossas raças e um dia ser respeitado como um grande rei. E domar um porco selvagem!

— Ainda incomodado com isso? Cada pessoa tem seu momento, Oiti. Um dos principais mutucus de quem se tem notícia conseguiu apenas montar um porco selvagem poucos dias antes de morrer de velhice. Cada um tem seu tempo. Dá pra você fazer muitas coisas, mesmo com nossas imperfeições.

— Você sempre conta essa história pra me confortar, Yataí. Você é muito boa pra mim. — O curupira falou acanhado, olhando o chão.

— É porque te amo, Oiti!

Yataí esperava ouvir um "eu também", mas a formalidade de Oiti o fez mudar de assunto.

— Os mutucus botânicos descobriram algo?

— Não. Os fungos que estão consumindo a Brasil também estão se alastrando pela Vitória-Régia Celestial. Caso a vitória-régia morra, talvez todos os mutucus também morram, já que nosso poder provém dela, assim como o de vocês vêm da Brasil.

— Sim. A situação está complicada para os dois lados, e meu pai insiste em achar que foram vocês que contaminaram a Brasil.

— Mesmo que ele soubesse que Vitória-Régia também está contaminada, jamais tiraria da cabeça a ideia de que fomos nós que contaminamos o lar de vocês.

— Sim, infelizmente, ele é muito desconfiado em relação a vocês. Bom, Yataí, eu tenho que ir. Vou para o mundo dos sonhos buscar respostas lá. Reze para os dez deuses por nós.

— O mundo dos sonhos? Que incrível! Vamos! Vamos! — Yataí disse, animada e sorridente.

— Nem pense. O que falará para os seus pais? O que dirá ao seu reino?

— Não sou tão sistemática quanto você, Oiti. Não pedirei permissão a ninguém. Simplesmente vou com você. Ou solucionamos o problema, ou nossas duas raças podem morrer. Vamos! E nem me olhe com essa cara. Vamos!!

No fundo, Oiti gostava da espontaneidade da mutucu, mesmo discordando da forma muitas vezes irresponsável como ela agia. Ele se sentia feliz por poder contar com ela.

— Tudo bem. Não vou te convencer a desistir, não é?

Yataí colocou dois dedos na boca e assoviou alto. Um porco selvagem de pelo cinza e três metros de altura galopou, vindo da mata próxima. Quando os alcançou, o animal se abaixou, permitindo a montaria.

— Vamos! Não temos tempo a perder — Yataí determinou.

Oiti fitou o Porco selvagem com certa inveja, mas em seguida subiu, pegando carona com Yataí.

Partiram rumo ao mundo dos sonhos.

***

Já amanhecia e o Datilógrafo seguia flutuando pelas águas fluviais.

Zaila despertou devagar, enxergando embaçado as figuras de Malazarte e de um indígena com um arco branco, a bordo do veículo.

Uma mensagem ecoou na sua mente com a voz do Mestre Lisboa: "Zaila, você deve continuar com Malazarte em sua busca pela entrada de Ivi Marã Ei. Temos pouco tempo e devemos proteger a borduna. Você tem a proteção do Koieré. Seja forte! Que os dez deuses te abençoem."

Aquela era uma mensagem mágica, assim como uma forma de telepatia, que os feiticeiros usavam para se comunicar a distância.

Ainda sonolenta, Zaila recebeu a mensagem com confusão.

— Onde estou? — perguntou com a voz cansada.

— Até que enfim a princesinha adormecida acordou — Malazarte disse.

Ela se levantou e, de dentro do Datilógrafo, olhou no seu entorno as águas do rio refletindo o céu acinzentado.

— Quem é esse e onde estamos, Malazarte? — Zaila apontou para o indígena.

— Eu me chamo Urutau.

— Estamos partindo para o plano B, Zaila. Sua caravana foi derrotada pelos soldados de Lisarb, e fomos atacados enquanto você me perseguia, ao invés de ajudar seus guerreiros. Para nossa sorte, esse indígena nos salvou com suas flechas mágicas.

Zaila ficou em choque por um instante. Lembrou-se da noite anterior. Do ataque de Lisarb à expedição de Ouro Preto.

— Maldição! Fomos derrotados? O Mestre Lisboa não conseguiu nos proteger? Preciso voltar para Ouro Preto. — Zaila disse, impaciente.

— O Mestre Lisboa teve que enfrentar um feiticeiro mascarado que estava do lado de Lisarb. Não sei se sobreviveu. Eu não irei voltar para Ouro Preto. Nosso acordo era que vocês me protegeriam, e vocês falharam. Agora tentarei outro plano. Se quiser, saia do meu veículo e vá nadando para o seu reino.

— Seu desgraçado! Sempre só pensando em si próprio! De qualquer forma, vou te escoltar. Preciso pegar a Borduna de Jurupari. Isso é mais importante! — Zaila lembrou-se da mensagem mágica que recebera do Mestre Lisboa.

— Olha, dispensei seus serviços já. Fiz um acordo com o meu camarada índio aqui. Ele tem um arco que dispara flechas que explodem aviões. E ele também está em busca da Borduna de Jurupari. Já fiz um acordo com ele de que, se ele me escoltar, poderá ficar com ela.

Zaila olhou para Urutau enfurecida.

— Por que você quer a borduna de Jurupari? — Ela perguntou para o indígena.

— Estou sem rumo. Minha aldeia foi atacada por soldados de Lisarb e por aquele barbudo de braço de ferro. Perdi tudo que tinha. Mas, antes de morrer, meu antigo pajé mandou que eu impedisse que a Borduna de Jurupari caísse em mãos erradas. Você tem o mesmo objetivo que eu, guerreira Zaila? É esse seu nome, não é? — disse Urutau.

— Sim! Essa borduna pode trazer muita desgraça se for empunhada por pessoas erradas.

— Você pode nos ajudar. Vamos proteger a borduna. Você tem o mesmo objetivo que eu e sinto que não é uma pessoa ruim — Urutau falou para Zaila e concluiu para Malazarte: — Ela vai nos acompanhar na nossa jornada.

— Tudo bem, índio. O importante é você ser meu guarda-costas com essas flechas que explodem tudo.

Malazarte havia deixado a porta do veículo aberta para arejar e se postara ali, distraído. Subitamente, foi surpreendido por braços escamosos que o puxaram para as águas.

— O que diabos foi isso?! — Zaila exclamou.

Koieré, o machado vivo de Zaila, iniciou uma canção.

Urutau e Zaila olharam assustados para o rio e viram Malazarte agitando uma das mãos e, com a outra, segurando-se no Datilógrafo. Uma criatura humanoide, coberta de escamas, puxava Malazarte na tentativa de levá-lo para o fundo do rio.

— Vamos, meu guarda-costas, exploda esse bicho com suas flechas! — o ladrão gritou aflito.

Urutau passou a bater no monstro com seu grande arco branco, dando bordoadas inúteis na fera.

— Oh, desgraçado! Explode ele com as flechas de energia! — Malazarte disse irritado.

— Meu arco só funciona à noite. É da deusa da lua, não funciona de dia — Urutau justificou-se.

— Pelo rabo do diabo! Faça alguma coisa! — O ladrão gritou mais alto.

O Koieré cantava ainda mais agitado quando Zaila desferiu uma forte machadada, decepando o braço do monstro, que urrou e soltou Malazarte.

O ladrão subiu às pressas no Datilógrafo e, ensopado, apertou alguns botões, aumentando a velocidade do veículo.

— Até que você presta pra alguma coisa, princesa! — Malazarte disse sarcástico em meio à respiração ofegante e concluiu: — O que diabos era aquilo?

— Era um Ipupiara, um demônio das águas — disse Urutau.

O ladrão encarou Urutau com desprezo.

— Você me decepcionou! Essa bosta de arco só funciona de noite mesmo?

— Sim, Malazarte. É o arco da lua. Não funciona de dia. Entende? Lua... noite.

O ladrão balançou a cabeça numa negativa. Ele guiou o Datilógrafo até sair do rio e, em terra, apertou alguns botões no teclado datilográfico no painel, transformando-o novamente em um veículo terrestre.

— Para onde vamos? — Zaila perguntou.

— Vamos buscar uma forma de fazer uma viagem mais tranquila. Precisamos de reforços, porque só com vocês essa viagem não está nada segura — o ladrão sentenciou.

O fantástico Datilógrafo seguiu sua viagem.

***

Isabel observava um conjunto de árvores em miniatura. Estava com Castilho e Júlio César sobrevoando os céus de Vera Cruz com o dirigível Victoria.

Ela mexeu em uma bolsa e de lá retirou um equipamento vermelho com um bocal de madeira ligado a uma pequena mangueira emborrachada que desembocava em uma caixa acústica, onde internamente havia uma pequena bobina, conhecida como "bobina de Ruhmkorff". Tratava-se de um comunicador Landell, um potente rádio. Com aquela peça era possível a comunicação sonora entre duas pessoas sem a utilização de fios. O nome era uma homenagem a seu inventor, o Padre Landell de Moura.

— Camélia! Camélia — Isabel disse no bocal do equipamento.

— Camélia e Liberdade! — respondeu uma voz chiada saindo de um pequeno alto-falante no equipamento.

Eram códigos dos revolucionários monarquistas.

— Alguma novidade sobre a negociação com a Holanda Brasilis? — Isabel perguntou.

— Sim. O imperador Nassau III está disposto a recebê-la pessoalmente e negociar um acordo — a voz chiada respondeu.

— Diga para ele que estarei lá dentro de um dia.

— De acordo, Alteza.

A conversa encerrou-se e a princesa desligou o comunicador.

— Júlio, direcione nossa viagem para o reino de Holanda Brasilis — Isabel falou.

— Entendido, Majestade — Júlio César acatou.

Era ele quem pilotava o belo dirigível Victoria.

— Está realmente negociando um acordo com o reino de Holanda Brasilis? Não acha perigoso? Eles eram inimigos na época do império de Lisarb — Castilho disse para Isabel.

— Sim. É perigoso, mas não tenho muitas opções. Eles continuam guerreando com Lisarb, são inimigos da ditadura também. Provavelmente farão exigências que os beneficiem quando reassumirmos o trono.

— Irá se encontrar pessoalmente com o imperador deles? E se for uma emboscada?

— Devo correr o risco, não tenho opções melhores. Com a ajuda do poder bélico deles, existe uma chance da monarquia de Lisarb voltar.

— E pensar que a monarquia caiu porque você, em sua regência, aboliu a escravatura. Uma elite podre uniu-se aos militares, destruíram a monarquia e reestabeleceram a escravidão.

— É! Fico triste em pensar a que ponto chegou a ganância humana — Isabel lamentou.

— No fim das contas, a triste realidade é que abolir a escravidão acabou por derrubar o império. Você se arrepende? — Castilho perguntou.

— Mil tronos eu tivesse, mil tronos eu daria para libertar os escravos de Lisarb. — A princesa disse decidida.

Castilho observou orgulhoso a garra da princesa em defender seus ideais e comentou:

— Você tem benevolência na alma. Sinto orgulho de estar nesta jornada com você. Vamos devolver o reino de Lisarb a você e sua família, tenho certeza!

— Isabel! Castilho! — Júlio César gritou assustado.

Sua testa suava enquanto ele segurava o manche do Victoria. Diante do dirigível havia uma pesada e grande nuvem negra piscando relâmpagos.

— O que aconteceu, Júlio? Faça-nos desviar dessas nuvens! — Isabel ordenou.

— Estou tentando! Já faz um tempo que estamos sendo levados nesta direção, mesmo sem ventos fortes a nos empurrar. É como se algo estivesse nos sugando para essa nuvem

O Victoria entrou nas pesadas nuvens e uma forte turbulência se fez. Quase nada se enxergava fora do dirigível, a não ser o cinza escuro e o brilho dos trovões.

Após alguns minutos perturbadores, eles conseguiram atravessar a espessa nuvem, e a paisagem clareou, exibindo nuvens brancas e céu azul. O grupo pôde ver algo que lhes causou fascínio.

— Meu Deus! O que é isso? — Júlio César admirou-se.

— É lindo! — disse Isabel.

Castilho permaneceu calado, observando com profundo encantamento.

Era uma ilha flutuante, vagando no céu, com um grande castelo ao centro.

***

Malazarte, Zaila e Urutau estavam no Datilógrafo. O ladrão guiou o veículo por uma estrada de terra em meio à mata, até chegar à entrada de uma caverna no sopé de uma montanha. Ali, na parte mais alta, dois homens musculosos e sem camisa apontavam arcabuzes para o veículo.

— Sou eu! Malazarte! — gritou o ladrão acenando para os homens.

Eles acenaram para que o ladrão entrasse.

— Que lugar é este? Para onde está nos levando, Malazarte? — Zaila perguntou.

— Bem-vindos à "Barreira do Inferno", o ponto de encontro de ladrões e piratas aéreos — o ladrão disse.

Com o Datilógrafo, o grupo entrou em uma grande caverna, iluminada por um sistema de lamparinas a gás presas às paredes. Após avançar pela estrada principal da caverna, chegaram a um grande vilarejo subterrâneo, onde existiam muitos homens armados contrabandeando coisas.

Ao fundo era possível ver uma espécie de pátio com balões dirigíveis estacionados, flutuando. O teto era extremamente alto e repleto de estalactites. Em um ponto elevado da caverna havia uma grande abertura por onde o sol penetrava, seus raios derramando-se próximos a uma queda d'água. Em uma extremidade do vilarejo subterrâneo funcionava uma movimentada taverna.

Malazarte estacionou o Datilógrafo e caminhou em direção à taverna, convocando Urutau e Zaila para segui-lo.

— Vamos! Vamos aproveitar a oportunidade e beber um pouco. — O ladrão se adiantava.

— Ele é um bom guerreiro. Gosto da energia dele — Urutau comentou com Zaila.

— Ele não é guerreiro coisa nenhuma. É um ladrão desprezível — Zaila esbravejou.

— Você gosta dele? Quer ter uma família com ele? — Urutau perguntou.

— Enlouqueceu? Eu o desprezo!

— Não parece.

Zaila olhou para Urutau irritada.

Enquanto caminhava, Malazarte recebia o cumprimento animado de diversas pessoas. Era uma figura estimada naquele ambiente. Um ladrão ilustre.

Ao chegar na taverna ele pediu uma cachaça.

— Pode me pagar um cachaça também? — Urutau indagou a Malazarte.

— Você bebe? Não sabia que índios tinham esse hábito.

— Claro que bebo. Na minha aldeia eu bebia cauim, mas aqui não tem. Alguns homens da cidade já estiverem lá na minha taba e nos trouxeram cachaça. Eu gosto.

— Quem diria! Bem, garçom desce mais uma aqui.

Zaila adiantou-se a Malazarte e o interpelou:

— O que você pretende aqui? Estamos perdendo tempo para você beber cachaça?!

— Não seja tão ansiosa. Precisamos de um meio mais seguro para nossa viagem e eu conseguirei aqui.

Urutau virou afoito uma garrafa de cachaça.

— Quero mais! — ele bradou.

— Isso não vai dar certo, índio! Mas que seja. Desce mais, garçom, para esse índio pinguço — o ladrão mandou.

Um homem ossudo, elegante de bigode e bebendo uísque, aproximou-se de Malazarte e puxou assunto.

— Ora, ora! O grande ladrão Malazarte deu as caras por estas bandas.

— Sim. Bom te ver aqui, Dimitri. Como está seu avião?

— Está ótimo. Cada vez mais incrível o *São Paulo*.

Dimitri era um engenheiro que projetou o mais famoso carro de Vera Cruz, o *Sensaud de Lavaud*, e fora proprietário de uma próspera fábrica de carros. Entretanto, a fábrica fora tomada pela ditadura de Lisarb quando ele foi acusado de colaborar com a monarquia. Passou a ser perseguido e, então, tornou-se um pirata aéreo, agindo com seu incrível avião, o São Paulo.

— E quem são esses que o acompanham, Malazarte? O rosto dessa jovem é familiar — Dimitri perguntou.

— Essa é Zaila, e esse pinguço é Urutau.

Urutau continuava a beber.

— Zaila? Esse não é o nome da princesa de Ouro Preto?

— Sim. — Zaila encarou Dimitri.

— Aqui é um lugar cheio de ladrões e mercenários. Uma princesa corre perigo andando aqui, podem sequestrá-la — Dimitri disse.

— Pode ter certeza que ninguém tocará em mim. — Zaila encarou Dimitri determinada, e o Koieré iniciou uma canção.

— Falo por bem. Por preocupação, apenas. Mas diga-me, Malazarte, o que deseja aqui na Barreira do Inferno?

— Estou procurando o Padre.

— O Padre? Sabe que ele é louco.

— Quem é esse Padre? — perguntou Zaila.

Urutau bebia ainda mais, indiferente à conversa do grupo.

— O Padre é um dos mais temidos piratas aéreos de Vera Cruz. Ele já foi de fato um padre, mas transou com uma freira e foi expulso da Igreja. Para o azar dele, essa freira era amante de um general de Lisarb, e ele passou a ser caçado pela ditadura também. E acabou tornando-se louco — Dimitri disse.

— Mas ele tem o Passarola, o mais incrível dirigível de guerra do mundo — disse Malazarte.

— Sim. Ele é o mais infernal pirata aéreo que se conhece. Ele está aí, para sua sorte. Está no segundo andar desta taverna.

— Obrigado, Dimitri. Vamos, Zaila —Malazarte disse à princesa e em seguida virou-se para Urutau: — Subiremos para o segundo andar. Se quiser, pode ficar aqui.

— Vou esperar aqui — disse Urutau, já com fala torta.

Malazarte e Zaila subiram uma escada de madeira e encontraram, sentado solitário a uma mesa, um homem esbelto de meia-idade e cabelos lisos e grisalhos, vestindo uma batina de padre e fumando um charuto, de frente para um copo de cachaça. Malazarte se adiantou para o homem:

— Padre, podemos nos sentar?

— Quem diria! O grande ladrão, Pedro Malazarte. Sente-se. Como está seu pai? — O padre respondeu, educado.

— Está bem. Anda fazendo cada vez mais melhorias no Datilógrafo.

— Ele é um ótimo padre e inventor. E quem é essa, Malazarte? — O homem apontou para Zaila após uma baforada com o charuto.

— Eu me chamo Zaila.

— Prazer, eu me chamo Bartolomeu, mas pode me chamar apenas de Padre.

— Prazer.

— O que desejam? — O Padre disse.

— Preciso realizar uma longa e perigosa viagem, e queria sua ajuda — disse Malazarte.

— Você tem dinheiro para me pagar, Pedro?

— Não. Eu quero te fazer uma proposta. Nesse lugar que estou indo existe uma quantidade incrível de ouro. Podemos dividir entre eu e você essa quantia.

— E acha mesmo que eu acreditaria em você, Pedro? Um ladrão. Você vai querer ficar com o ouro todo pra você. A avareza é o pecado capital dos ladrões. — O Padre vagarosamente tragou mais uma vez o charuto.

— Confie em mim, Padre. Eu mesmo não teria como ficar com todo o ouro que existe nesse lugar aonde iremos.

— Tenho uma proposta melhor. Eu farei essa viagem com você, mas em troca não te pedirei ouro. Quero apenas que me ajude a libertar uma freira que está encarcerada na prisão da Ilha Grande, em Lisarb. Ela é minha grande paixão e está presa apenas por ter se apaixonado por mim, a contragosto de um amante dela.

— Ilha Grande?! Até hoje, nunca ouvi falar de alguém que conseguiu escapar de lá com vida. — Malazarte comentou, preocupado.

— Eu também nunca tinha ouvido falar de alguém capaz de roubar o gorro de um saci. Você é bom em fazer coisas impossíveis, Pedro.

Fez-se um silêncio, que o ladrão aproveitou para coçar a cabeça, pensativo. Por fim, decidiu:

— De fato, é uma prisão complexa demais para se conseguir tirar alguém, mas ajudarei você. Tem minha palavra, Padre! Preciso muito da sua ajuda.

— Sua palavra não vale nada, Pedro! Você sabe que eu conheço seu pai. Poucos sequer sabem que você tem um pai. Mas eu conheço o padre que te tutelou e sei que ele é a sua única família. Se você faltar comigo, ele que sofrerá as consequências.

Malazarte encarou o Padre com extremo ódio e disse:

— Se fizer algum mal ao Padre Francisco, eu juro que te mato!

— Não farei mal algum a ele. Basta que cumpra sua palavra. Temos um acordo?

Os dois se encararam no fundo dos olhos.

— Tudo bem. Temos um acordo — Malazarte disse.

Apertaram as mãos, e o Padre prosseguiu:

— Irei aprontar o Passarola para a viagem. Partiremos amanhã pela manhã. Durmam aqui na hospedaria da Barreira do Inferno. Até mais, Pedro.

O Padre amassou seu charuto em um cinzeiro, levantou-se e desceu as escadas rumo à saída da taverna.

Zaila ficou espantada com a reação do ladrão perante uma ameaça a seu pai. Ela viu, pela primeira vez, algo com que ele se importasse além de seus roubos.

O ladrão e a princesa também desceram as escadas e se depararam com um grupo de pessoas tendo seus rostos pintados por Urutau. Alcoolizado, o indígena pintava e ensinava danças a outros bêbados.

— Ele se enturmou bem. É um índio muito estranho — disse Malazarte a Zaila.

— Ele é bem espontâneo mesmo.

As horas foram passando, e a noite chegou. Já tarde, a taverna encerrou o atendimento; restavam somente o garçom, Malazarte, Zaila e Urutau, dormindo bêbado no chão.

O ladrão tentava levantar o indígena, mas tinha dificuldade.

— Vamos, princesa! Ajuda aqui. Esse bêbado está muito pesado. Vamos levá-lo para um quarto na hospedaria. — Malazarte disse e continuou para Urutau: — Acorda, índio bufão!

Zaila ajudou Malazarte, e cada um segurava Urutau de um lado.

— O pajé tinha razão, pelo rabo de Jurupari! Ele tinha razão. — Urutau despertou, murmurando com a voz trêmula de alcoolizado.

— Ele tinha razão de quê? — Zaila perguntou.

— Eu faço tudo errado! Sou uma vergonha! Como serei o novo pajé, ficando embriagado assim? Eu sou uma vergonha. Uma vergonha. Eles morreram e eu não pude evitar. Não pude!

— Você só bebeu demais, amigão. Vai ficar tudo bem. — Malazarte tentou confortá-lo.

O ladrão pagou umas notas de réis, a moeda de Lisarb, para o atendente da hospedaria, e ele e Zaila carregaram Urutau com seu grande arco para um quarto com três camas de solteiro. Instalado em uma cama, o indígena rapidamente dormiu.

— Pronto! Ele só precisa dormir. Essas serão nossas camas. Se quiser, pode descansar. Eu ficarei lá fora um pouco pegando um ar. Estou sem sono — Malazarte disse.

— Tudo bem. Irei descansar um pouco — Zaila respondeu.

O ladrão saiu da hospedaria e caminhou até um local da Barreira do Inferno onde existia um lago. A luz do luar que entrava pela cratera em uma parede da caverna se derramava sobre suas águas. Malazarte tirou as botas e se sentou em uma pedra, molhando os pés no lago.

Ficou um longo tempo ali, observando as águas cristalinas enquanto pensava na vida. Após cerca de uma hora, ele foi surpreendido por uma voz:

— Aí está você — disse Zaila, aproximando-se.

— Sem sono também, princesa?

— Sim. O que faz?

— Apenas refletindo sobre a vida. Esperando o sono chegar. Sente-se aqui. Este lugar é bem agradável.

Zaila, um tanto desconfortável, sentou-se na pedra ao lado de Malazarte.

— Estou preocupado com o Mestre Lisboa. Queria poder falar com meu pai, em Ouro Preto, ver se todos estão bem — disse a princesa.

— Seria mais fácil se vocês não tivessem tanta aversão a tecnologia. Bastaria que tivessem um comunicador Landell e você poderia ligar para lá. Mas vocês preferem ser uns esquisitos!

— Não fale besteiras! Não somos esquisitos. Tecnologias são bem-vindas, mas precisam vir sem a ganância. Veja como Lisarb é um lugar imundo. Lotado de pessoas gananciosas e desequilibradas.

— Um feiticeiro com máscara de diabo está ajudando Lisarb. O que prova que a ganância pode estar na magia também. Um comunicador Landell facilitaria a vida de vocês.

— É. Você pode ter um pouco de razão.

— Eu sempre tenho razão.

— Não tem nada. Você é um ladrão imundo.

— Você tem raiva de mim, pelo que te roubei naquele dia, não é?

Zaila teve sua mente invadida por lembranças.

Malazarte era um hóspede de Ouro Preto. Era bem recebido, tratado como um convidado ilustre; o bom ladrão, como era conhecido. Jamais havia cometido um roubo em Ouro Preto. Era conhecido por roubar em Lisarb, a nação inimiga.

Naquela noite, dormiria no quarto de hóspedes do castelo do reino.

Pela madrugada Zaila acordou e ouviu barulhos estranhos. Saiu de seu quarto e viu alguns guardas caídos no chão, desacordados. Correu e viu que a porta principal do castelo estava aberta. Saiu e observou que o portão da muralha de Ouro Preto também estava aberto, e as sentinelas, desacordadas. Viu que Malazarte estava em seu veículo movido a correntes de ar, o Datilógrafo, e reparou que ele estava carregado de ouro e ouro-preto. Malazarte havia roubado seu reino.

— Ei, seu desgraçado! Volte aqui com nosso ouro. Ladrão maldito! — Zaila gritou, irritada.

Malazarte olhou para trás e viu a princesa.

— Vem aqui buscar seu ouro, princesa, ou tem medo de lutar pelo seu reino sozinha? — Malazarte saiu do veículo e ficou de pé ao lado dele, rindo.

Zaila correu na direção de Malazarte e começou a golpeá-lo com socos e chutes.

— A princesinha selvagem até que sabe brigar! — Malazarte falou sorrindo após receber um soco no rosto e começou lutar com Zaila. Os dois se embolaram no chão. Em um momento Zaila ficou por cima dele, seus rostos estavam próximos. Malazarte então roubou um beijo dela, que inicialmente evitou, até que aos poucos correspondeu.

Em seguida, Malazarte invocou o poder do seu gorro e, com uma rajada de ar, jogou Zaila para longe.

— A melhor coisa que roubei hoje foi esse beijo!

Assim, ele entrou no veículo e partiu em disparada.

— Se quiser eu te devolvo o beijo que te roubei naquele dia, princesa. — Malazarte cortou as lembranças de Zaila e aproximou seu rosto do dela.

Zaila empurrou o ladrão da pedra e ele caiu inteiro na água.

— Seu idiota! Vou dormir. Não sei por que te dei atenção.

***

Na hospedaria, Malazarte acordou durante a noite e observou Zaila, que ainda dormia. O ladrão ficou alguns minutos admirando-a. Ao olhar para a cama de Urutau, percebeu que ela estava vazia.

"Onde esse índio louco foi?", pensou.

O ladrão saiu da hospedaria e andou pela silenciosa Barreira do Inferno buscando Urutau. Chegou a um lugar sombrio, onde, por trás de alguns rochedos pequenos, viu um vulto com um arco, que Malazarte identificou como sendo o arco de Urutau.

— Urutau? Você está aí? — Malazarte perguntou.

O vulto então saltou para o topo do rochedo e Malazarte pôde ver uma silhueta que parecia de asas abertas, tal como um anjo.

— Quem é você? O que fez com Urutau? — O ladrão indagou.

— Ele está aqui, comigo. Eu me hospedo no corpo dele — disse uma voz rouca e assustadora.

A criatura fez o Arco Lunar iluminar-se, revelando sua forma. Era humanoide, mas possuía o corpo encoberto por penas cinzas, uma cabeça de pássaro com bico e olhos amarelos grandes, de íris negra. Envergava um grande par de asas, que brotava de suas costas.

— O que é você?

— Sou um espírito de pássaro da noite que está hospedado em Urutau.

— E o que quer?

— Nada, apenas conversar um pouco.

— Um espírito da noite entediado? Tenho mais o que fazer.

— Você gosta da princesa, não é? É apaixonado por ela.

— O que está querendo? Me dar conselhos amorosos?

— Acha que ela concordará com o que você quer fazer? Acha que seu pai concordará? Irá perder sua grande paixão e sua única família.

— Do que está falando?

— Você pode enganar a todos, Malazarte, menos a mim. Durma com esse peso na consciência.

Então, as asas do homem-ave começaram a encolher em direção às suas costas, as penas foram absorvidas pelos poros da pele, e o bico tomou a forma de uma boca. A criatura voltou a ser o indígena Urutau, que despertou confuso e cansado.

— Malazarte? Onde estou?

— Você veio tomar um ar aqui fora. Vamos voltar para a hospedaria e dormir.

De volta ao quarto da hospedaria, Malazarte fitou Zaila deitada. Tristeza e preocupação dominavam seu rosto enquanto ele a observava.

Capítulo 5:

O Amor e os Sonhos

Amor! Enlevo d'alma, arroubo, encanto

Desta existência mísera, onde existes?

Fino sentir ou mágico transporte,

(O quer que seja que nos leva a extremos,

Aos quais não basta a natureza humana;)

Simpática atração d'almas sinceras

Que unidas pelo amor, no amor se apuram,

Por quem suspiro, serás nome apenas?

Gonçalves Dias, "O Amor"

Júlio César pousou o Victoria para que ele, Castilho e Isabel descessem na ilha flutuante.

— O que deve ser este lugar? — Castilho indagou.

— Não faço ideia. Nunca ouvi falar de algo assim. Mas estranhamente o Victoria foi sendo atraído para cá. — Júlio César falou.

O lugar possuía um caminho de pedras que atravessava um jardim de relva, flores e algumas árvores espalhadas. No jardim existiam algumas estátuas de homens e mulheres alados, nus, apenas com colares e pulseiras de flores.

No centro da ilha existia um castelo grande com o teto em forma de pirâmide.

— Vamos lá verificar o que temos aqui. — Isabel tomou a dianteira do grupo.

Nilton
19/08/2018

Eles se encaminharam para a castelo seguindo o caminho de pedras.

As grandes portas do castelo, ornadas em ouro, jaziam abertas. O grupo adentrou a construção, que parecia abandonada e tinha um amplo salão, ladeado por duas escadarias ascendentes. No salão principal existia uma piscina retangular de águas cristalinas, e, pouco acima dela, elevava-se uma escultura indígena de um metro de altura em forma de batráquio; era um muiraquitã. A água jorrava de uma saída na base do muiraquitã, renovando o conteúdo da piscina.

Nos arredores, havia mais estátuas de pessoas aladas e nuas.

— São anjos! — Isabel benzeu-se diante das estátuas.

— Não são anjos. São Karaibebés. — Uma voz feminina reverberou pelo local.

— Quem está aí? — Isabel perguntou.

Castilho, Júlio César e Isabel olharam para todos os lados buscando a autora da voz, mas não acharam ninguém. A voz reverberou mais uma vez:

— Estou em todas as partes desta ilha, mas não tenho forma física. Sou a alma deste castelo. Além de vocês e de mim, não existe mais ninguém neste lugar.

— Desculpe a invasão. Perdemos o controle do nosso dirigível e ele veio parar aqui — Isabel disse.

— Eu que trouxe o dirigível de vocês para cá — a voz afirmou.

— O que deseja de nós? — Isabel perguntou.

— Vocês possuem o Carbúnculo, a pedra sagrada. Sabem a importância que ele tem, não é?

Castilho desembainhou a espada que carregava mostrando o carbúnculo, a pedra vermelha, em seu cabo.

Isabel teve sua mente invadida por memórias:

Alguns anos antes, em uma noite, ela chegou de barco a um grandioso baile do Império na Ilha Fiscal. A ilha era base da guarda fiscal do porto próximo, mas naquele momento era palco para uma inesquecível festa da monarquia.

Logo ao chegar, o barqueiro ajudou-a a desembarcar. Estava com um belo vestido branco por cima de um espartilho que a apertava de maneira desconfortável, apesar do costume da princesa de usar aquela peça de roupa rotineiramente.

Ao desembarcar, foi recebida por lindas mulheres vestidas de fadas e iaras.

— Bem-vinda, adorável princesa! É uma honra sua presença! — disse, sorrindo, a mulher com traje de fada.

— Obrigada! — Isabel respondeu e seguiu em direção ao castelo gótico da ilha.

O pátio da ilha encontrava-se lotado, e todos os convidados estavam extremamente elegantes: eram em sua maioria barões, condes, viscondes, comerciantes, pessoas de elevado status na sociedade. Todos se divertiam muito ao som de valsas tocadas por uma pequena orquestra, que se alojava em uma embarcação ancorada próximo à margem da ilha. Havia muita comida e bebida. Uma imensidão de garrafas de vinho, cerveja e champanhe; quilos e mais quilos de camarão, salmão, lagosta e sanduíches.

A torre principal do castelo possuía um relógio em cada uma de suas quatro faces. A ilha estava completamente enfeitada com lanternas chinesas, balões venezianos e vasos com flores dos mais diversos tipos. Isabel aproximou-se de um vaso de camélias brancas. Cheirou-as. Poucos dias antes, em sua regência, ela havia abolido a escravidão, e aquela flor era o símbolo da abolição. Pensou nisso enquanto inalava a fragrância da planta.

— Oh, adorável princesa! Já tomou isso? Nunca havia experimentado! Sorvete! Que invenção maravilhosa! — disse radiante um homem, com um copo de sorvete em mãos.

— José de Seixas! Que prazer vê-lo. Sim, sorvete é uma delícia — Isabel disse, sorrindo.

O salão tinha o piso de madeira nobre, ornado de figuras geométricas. Nas paredes os vitrais enormes exibiam imagens do imperador. Muitas pessoas cumprimentavam a princesa e puxavam assunto enquanto ela tentava avançar por entre os convidados.

Encontrou seu pai dentro do refinado castelo. D. Pedro II estava em uma cadeira luxuosa com seus trajes pomposos, sua barba era cheia e castanha, com alguns fios grisalhos. A indiferença em seu rosto contrastava com a animação dos demais.

— O que foi, pai? Parece desanimado.

— É, filha. Não estou tão animado assim. Mas vá. Divirta-se.

— Problemas com a festa?

— Não. A festa em si está ótima. Será a mais comentada por anos. Mas é o que virá depois da festa que me preocupa.

— Como assim, pai?

— Isabel, não se preocupe. Vá se divertir. Pode me deixar aqui. — D. Pedro II forçou um sorriso para filha. Ela aceitou e distanciou-se do pai para interagir com outros convidados.

Às três horas da manhã, D. Pedro II, que havia passado a festa toda sentado em completa indiferença, levantou-se e foi de encontro a Isabel.

— Mais animado, pai?

— Nem tanto, filha. Quero que me siga. Venha.

— Para onde?

— Apenas me siga, Isabel. Logo saberá.

Os dois seguiram através do pátio. No caminho encontraram casais embriagados tendo relações, mas ignoraram isso e continuaram o trajeto até chegar nos fundos da ilha. O local estava escuro e tinha um pequeno barco ancorado com um homem de capa preta a bordo.

— O que é isso, pai? Por que quis que eu viesse aqui?

— Filha, a monarquia irá acabar. Estão tramando um golpe militar e não teremos como impedir. Provavelmente este é nosso último baile.

— Do que está falando, pai?

— Os militares têm um plano para derrubar o Império, e não sei o que será de nós. Quero que fuja. Esse é Castilho, um homem de confiança, que irá te escoltar para onde quer que vocês possam ir — D. Pedro II disse, apontando para o homem no barco.

— Isso é loucura, pai! E quanto a você?

— Eu darei meu jeito, vou sobreviver. Agora, você tem que partir, mas antes quero te mostrar uma coisa.

D. Pedro II entrou na embarcação e abriu um baú grande que havia ali. Foi possível ver uma quantidade boa de réis e uma espada totalmente de prata.

— Essa é a espada da nossa família, que herdei de seu avô. Ela tem um carbúnculo, a pedra mágica que rege a proteção de toda Vera Cruz. Ela guarda incríveis poderes, Isabel. Diz a lenda que essa pedra ficava presa à testa de um grande lagarto, que era o guardião de um lugar sagrado chamado Ivi Marã Ei. Nós agora temos a responsabilidade de guardar essa terra. Sei que não é uma guerreira, mas pode conservar essa espada sempre com um guerreiro leal. Isso é o mais importante para você saber. Consegue entender bem isso, Isabel?

— Sim, pai. Consigo. Mas é estranha essa história, parece muito fantasiosa. O senhor não acha?

D. Pedro II sorriu. Lembrou-se de quando Isabel era criança e ele contava histórias para que ela dormisse. "Como cresceu rápido", pensou.

— É difícil acreditar, mas em breve você testará a espada e entenderá o que digo. Agora vá com Deus, minha filha, e nunca se esqueça do que revelei aqui. — Pedro saiu do barco e estalou um beijo carinhoso na testa de Isabel.

Ele tinha os olhos cheios d'água quando ela entrou no barco.

Isabel não assimilava toda a história ainda, estava assustada, mas não conseguia chorar. Partiu nas trevas da noite, acompanhada por Castilho.

A voz feminina novamente soou, cortando as lembranças de Isabel:

— Vocês estão no Castelo de Rudá, o Deus do amor. Por longos anos Rudá viveu aqui com seus servos, os Karaibebés, seres alados como esses que vocês estão vendo nessas estátuas. Antes de partir, Rudá deixou seus brincos aqui. Eles eram itens extremamente poderosos e feitos para serem usados por pessoas que merecessem. Mas um tempo atrás, um feiticeiro com máscara de diabo esteve aqui e roubou os brincos. Por mais que eu o amaldiçoasse, ele conseguiu sair ileso daqui. Era de fato um feiticeiro muito poderoso. Os poderes dos brincos de Rudá, se usados de maneira indevida, podem trazer muitos problemas.

— Quer que a gente recupere os brincos? — Castilho perguntou.

— Sim. Mas temos uma urgência maior. Alguém conseguiu abrir o portal de Ivi Marã Ei, a terra sagrada dos deuses. Em Ivi Marã Ei está presa a borduna de Jurupari. Estão tentando trazer o caos para Vera Cruz. Preciso que vocês protejam nosso mundo, impedindo que pessoas ruins peguem a borduna do deus do pesadelo. Isso é mais urgente.

— Por que nos escolheu para isso? — Castilho perguntou.

— Vocês são guardiões de Vera Cruz. Existem dez armas especiais como os brincos de Rudá no nosso mundo. Cada um dos dez deuses deixou seu legado para nós, e aqueles que empunham essas armas têm a obrigação de fazer bom uso delas e proteger nosso mundo. O carbúnculo que está com vocês é uma dessas dez armas.

O grupo surpreendeu-se com a revelação. Castilho e Júlio olhavam para Isabel esperando um posicionamento da princesa.

— Nós iremos. Onde é a entrada de Ivi Marã Ei? — Isabel disse, decidida.

— Existe uma cerâmica no fundo dessa piscina com um mapa mágico da localização de Ivi Marã Ei. Peguem-na e partam. Protejam nosso mundo. Que Rudá abençoe vocês.

Isabel entrou na piscina e retirou de lá um vaso em cerâmica com um mapa desenhado.

O grupo partiu da ilha flutuante com o Victoria em direção à entrada de Ivi Marã Ei.

***

Amanhecia na Barreira do Inferno. Malazarte, Urutau e Zaila estavam diante do Passarola, o incrível veículo voador do pirata aéreo Padre.

Era uma espécie de couraçado aéreo, feito de metal, com propulsores a combustão, mas também um grande balão acima do convés. Ele possuía o formato de um pássaro carcará. Tinha duas grandes asas com placas de metal que simulavam penas. Presos às asas havia diversos canhões e metralhadoras. Era uma máquina de guerra formidável.

— Vamos! Entrem! — disse o Padre do alto do Passarola.

O grupo subiu a bordo e o Padre deu partida. Suspendendo-se nos ares, o veículo provocou a admiração do povo da Barreira do Inferno. Aquela máquina era extremamente imponente. Batia devagar as asas de metal e movia a cabeça de pássaro de acordo com a direção que o Padre indicasse no manche.

O Passarola saiu pela abertura da caverna, que dava em uma grande falésia. Conforme ganharam altura e se distanciaram, foi possível ver o sol da manhã bater no paredão rochoso, tingindo-o com uma cor avermelhada e dando sentido ao nome Barreira do Inferno.

O Padre pilotou sua máquina de guerra voadora seguindo o caminho indicado por Malazarte. A viagem seguiu tranquila até que no horizonte aparecessem quatro dirigíveis de guerra, modelo N33, sob comando de Lisarb. Os N33 eram dirigíveis tripulados por cerca de vinte soldados, com numerosos canhões acoplados para disparos laterais, frontais e traseiros.

— Padre! Nos acharam! Eles conhecem seu veículo. Tentarão nos abater. — Malazarte falou.

— Não se preocupe, Pedro. Eles não têm chance alguma contra mim. — O Padre soava convicto.

Os N33 iniciaram o ataque com tiros de canhão, que passaram rente ao Passarola.

— Morreremos, desse jeito! — Zaila exclamou.

— E eu não posso usar o Arco Lunar por ser dia — Urutau queixou-se.

— Vamos, Padre. Estamos em minoria. Vamos fugir antes que eles nos acertem. — Malazarte gritou após outro tiro de canhão passar raspando.

O Padre levava o Passarola de encontro aos quatro N33, ao invés de bater em retirada.

— Fugir? Está louco, Pedro?! São eles que têm que me temer, e não eu a eles.

O Padre começou então a puxar um conjunto de manivelas no painel de controle e logo os canhões da máquina voadora começaram a disparar. Com os canhões das asas ele conseguiu abater dois dos dirigíveis.

Dois aviões Demoiselle de Lisarb adentraram a batalha aérea. Velozes, aproximaram-se do Passarola derramando uma chuva de tiros de metralhadora. Malazarte, Zaila e Urutau abaixaram-se no convés, em desespero.

— Zaila! — Malazarte chamou a princesa em meio ao caos dos tiros.

— Fale, Malazarte — a princesa respondeu.

— Se eu morrer, quero que saiba que... — O ladrão teve sua fala interrompida por uma explosão.

O Padre abateu o terceiro dirigível.

— Diga, Malazarte! — Zaila ansiava.

Malazarte levantou-se e viu o N33 que permanecia na batalha disparando um tiro que iria colidir com o Passarola.

O ladrão esboçou uma expressão de extremo esforço e movimentou sua mão direita, criando uma forte corrente de ar com o poder do seu gorro, que desviou o tiro, salvando o Passarola.

— Muito bem, Pedro! — O Padre agradeceu.

Atrás do N33 restante aproximaram-se mais quatro outros.

— Não temos como vencer! São muitos! — Urutau disse após observar os novos dirigíveis.

O ladrão abaixou-se novamente no convés e, ouvindo o zunido e explosões do combate, olhou nos olhos de Zaila e aproximou seu rosto do da princesa. Os dois sentiram como se o tempo tivesse parado naquele momento, e o ladrão, que sentia medo como poucas vezes na vida, falou:

— Caso eu morra aqui, eu quero muito que saiba que apesar de todo meu jeito, eu acho você...

A fala do ladrão foi novamente interrompida, desta vez pelo Padre, que gritava de maneira insana:

— Desgraçados de Lisarb! Não queria ter que gastar tanta munição, mas será necessário.

Ele mexeu em outras alavancas no painel do Passarola, e o bico de pássaro da máquina se abriu, revelando uma espécie de metralhadora giratória gigante, onde cada cilindro era o cano de um canhão Krupp.

O Passarola então começou cuspir uma enxurrada de tiros de canhão, devastando todos os dirigíveis inimigos.

Malazarte, Zaila e Urutau levantaram-se e viram o triunfo do Passarola sobre os dirigíveis de Lisarb. Perceberam também que ainda restavam os aviões, que por serem mais rápidos seriam difíceis de abater.

Um dos aviões deu um novo mergulho para metralhar os tripulantes do Passarola, mas foi alvejado por um terceiro avião que surgiu na batalha. Esse terceiro perseguiu implacavelmente o avião que restou e logo abateu-o também.

Era Dimitri, o pirata aéreo que também haviam encontrado na Barreira do Inferno. Dimitri deu um rasante devagar com seu avião, *São Paulo*, próximo ao Passarola e acenou para o grupo. Os integrantes do Passarola acenaram de volta, em agradecimento. Em seguida, o São Paulo se afastou.

— Essa foi por pouco! — Malazarte disse, aliviado.

— Eles jamais nos derrotariam! O Passarola é invencível — o Padre falou.

— Sem a ajuda de Dimitri, acho que não teríamos escapado, Padre! — Malazarte queixou-se.

— Malazarte, o que você queria me dizer durante a batalha? — perguntou Zaila, encarando o ladrão.

— Eu? É... Bem... Eu queria te dizer que te acho um saco. Uma princesa chata e mimada.

— E eu te acho um grande idiota — a princesa respondeu, afastando-se do ladrão.

O Passarola seguiu triunfante pelos ares de Vera Cruz.

***

Oiti, o príncipe curupira, e Yataí, a princesa mutucu, estavam com o porco selvagem em uma floresta, observando a fachada de um casarão branco sem portas nem janelas.

— Faz tempo que não tenho a honra da visita de curupiras e mutucus, muito menos juntos, visto que são raças adversárias — disse uma voz rouca reverberando no ambiente.

— Você é Bororé, a casa viva, não é? — perguntou Oiti.

— Sim — respondeu a voz.

— Enviei uma mensagem mágica para um feiticeiro chamado Clóvis, e ele marcou um encontro aqui.

— Sim. Ele já o aguarda. Entrem.

Uma grande fenda se abriu na parede do casarão; Oiti e Yataí entraram em Bororé, deixando o porco selvagem para trás.

Dentro de Bororé depararam-se com o feiticeiro Clóvis, em sua roupa e máscara que o encobriam totalmente.

— Oiti, o príncipe dos curupiras! É uma honra poder ajudá-lo, mas quem é essa? Uma mutucu? Geralmente mutucus não gostam de humanos como eu. Posso confiar nela? — Clóvis falou com cada palavra sendo pronunciada por uma voz diferente.

Yataí olhou Clóvis com uma ponta de rancor.

— Então, você é o feiticeiro que tem acesso ao mundo dos sonhos? Precisamos muito da sua ajuda. Quanto à minha companheira, não se preocupe com ela. Trata-se da princesa mutucu, Yataí. Ela é de confiança.

— Seja bem-vinda então! Pela mensagem mágica que me enviou, você quer ir até a biblioteca do mundo dos sonhos pesquisar a respeito de uma praga, certo?

— Certo.

— Vamos lá. Por aqui.

Clóvis seguiu até um ponto da parede interna de Bororé, e, assim que encostou a mão nela, uma fenda se abriu. O grupo atravessou a fenda e surgiram em um sertão deserto, debaixo de um sol forte e sobre um chão vermelho, seco e craquelado.

— Já estamos no mundo dos sonhos? — perguntou Yataí.

— Ainda não — Clóvis respondeu.

O feiticeiro retirou de um bolso de sua fantasia uma esfera de cristal azul presa a uma corda, que era atada a um cabo. A esfera tinha aproximadamente vinte centímetros de diâmetro.

Ele girou o cabo, fazendo a esfera rodar com a corda, e gritou:

— Revele-se, Euphórika!

Após o grito, ele arremessou a esfera para a frente, a corda que a continha esticou-se acompanhando trajeto da esfera, que brilhou no ar. Após o brilho esmorecer e a esfera retornar para Clóvis, puderam ver uma imensa muralha de concreto surgir diante deles. No centro da muralha existia um portão vermelho grande.

— Aí está a cidade de Euphórika. Ela fica oculta magicamente. A partir dela entraremos no mundo dos sonhos — disse Clóvis.

O imenso portão se abriu para que os três o atravessassem e depois fechou sozinho. Entraram em uma cidade em festa. Ali, a população fantasiada curtia o Carnaval. Havia muita bebida e pessoas flertando. Um bloco de instrumentos percussivos tocava sambas e marchinhas, e diversos bares estavam abertos e lotados.

— O que é esse lugar, afinal? — Oiti perguntou.

— Euphórika é uma cidade meio etérea, aonde vêm as almas humanas em euforia. A maioria dos que estão aqui estão sem seus corpos, apenas com suas almas presentes. Estão em frenesi enquanto sonham, ou sob o efeito de drogas, ou em momentos de semiconsciência em uma total euforia. É aqui que nós, feiticeiros carnavais, treinamos. Nós acreditamos que o maior aprendizado está na observação dos excessos da natureza humana. Os que estão em meio ao excesso e, ainda assim, conseguem manter o equilíbrio e beber sem se afogar são os mais poderosos dos homens.

— Isso tudo é muito interessante. Não sabia que vocês, humanos, tinham coisas assim — disse Yataí.

— Os mutucus costumam nos desprezar pela nossa natureza destrutiva. Mas somos seres extremamente complexos. Nem todos são maléficos.

— E nem todos mutucus têm completa aversão aos humanos. Eu não sou assim.

Clóvis andou por entre a multidão eufórica, que estava sambando, bebendo e flertando naquela cidade onde sempre era carnaval. Em alguns cantos era possível ver casais transando, em outros pontos viam-se brigas e, em outros, pessoas rindo em exagero. Tudo ali transpirava excesso.

Uma mulher sensual, vestida de diabinha e com uma máscara curta no rosto, aproximou-se de Yataí, convidando-a:

— Vem! Vamos brincar um pouco.

Envolvida pela energia do local, Yataí logo se encantou e decidiu parar sua caminhada para dançar um pouco com a mulher.

— Cuidado! Não se perca nos encantos de Euphórika — Clóvis falou e puxou-a pela mão, afastando-a da mulher.

— Não se distraiam e não deixem que ninguém saiba quem são vocês. Não revelem seus nomes nem retirem suas máscaras. — Clóvis continuou.

— Máscara? Que máscara? — Oiti passou a mão no rosto e percebeu que estava com uma pequena máscara.

Oiti e Yataí já tinham visto as máscaras no rosto um do outro, mas era como se não percebessem, ou achassem aquilo muito normal. Só naquele momento se deram conta. De fato, era como se estivessem vivendo uma espécie de sonho, com acontecimentos confusos.

— Em Euphórika todos usam disfarces — Clóvis disse.

Os três caminharam até o fim da rua principal da cidade, onde existia uma grande construção cônica de concreto preto com alguns grafismos dourados em médio relevo, formando uma espiral na construção.

— É aqui que devemos entrar — Clóvis disse, abrindo a porta de ouro da construção.

Após os três entrarem a porta fechou-se. O silêncio no local era absoluto, em total contraste com o pandemônio carnavalesco do lado de fora.

O local estava repleto de redes de dormir penduradas desde o chão até o longínquo teto. Todas as redes eram prateadas.

— Devemos deitar em uma dessas redes para sermos levados ao mundo dos sonhos. Escolham uma e deitem — disse Clóvis, já deitando-se em uma das redes de prata.

Oiti e Yataí aproximaram-se de outras das redes e também se deitaram. Experimentaram uma sensação muito boa; seus corpos relaxaram e, em poucos segundos, adormeceram.

Quando Yataí e Oiti despertaram, viram-se de pé em uma imensa biblioteca com infindáveis prateleiras de livros. Ao lado deles estava Clóvis.

— Que lugar lindo — Yataí disse.

— Onde estamos? — Oiti perguntou.

— No mundo dos sonhos. Em sua principal biblioteca. — Clóvis respondeu.

— Sejam bem-vindos. Eu sou Anabanéri, a guardiã dos sonhos. No que posso ajudá-los? — disse a mulher, com voz doce.

Anabanéri possuía a pele azul-clara e flutuava no ar, sem pernas, com os cabelos negros compridos pairando como se estivessem debaixo d'água. Envergava roupas brancas de tecido fino.

— Anabanéri, obrigado por nos receber. Esses são Oiti e Yataí, eles estão em busca de respostas — disse Clóvis.

— Tentarei ajudar, Clóvis. Digam-me que questão querem elucidar.

— Estamos buscando informações sobre um fungo que infectou importantes plantas. Está matando a Brasil, lar dos curupiras, e a Vitória-Régia Celestial, lar dos mutucus — disse Yataí.

— Então, era esse o motivo da urgência de vocês? — Clóvis questionou, demonstrando surpresa nas vozes que pronunciavam sua pergunta.

— Sim. Mas peço que mantenha sigilo quanto a isso, Clóvis — Oiti disse.

— Isso de fato é alarmante. Você tem amostras desse fungo? — disse a guardiã do sonhos.

— Sim. — Oiti esticou os braços, oferecendo a pequena urna de pedra com raspagem dos fungos.

Anabanéri abriu a urna e ficou um tempo observando.

— Nunca vi nada semelhante. Mas talvez tenha algo arquivado nos livros sobre fungos, sobre a Vitória-Régia Celestial e sobre a árvore Brasil.

Ela fez gestos com as mãos e alguns livros saíram flutuando das suas prateleiras e desceram para perto de Oiti e Yataí. Eram livros grandes e grossos, com cerca de um metro de altura cada.

— Esses livros trazem questões sobre isso. Fiquem à vontade para lê-los — Anabanéri disse.

— Obrigado pela ajuda. — Oiti falou.

Oiti e Yataí foram para um canto da gigantesca biblioteca e iniciaram as leituras, enquanto Clóvis permaneceu próximo a Anabanéri para conversar.

— Conseguiu alguma informação sobre a abertura do portal de Ivi Marã Ei, Anabanéri?

— Não. É de fato algo muito estranho.

— E se pegarem a Borduna de Jurupari? Por que não usa seu poder para impedir que isso aconteça?

— Jurupari é o pesadelo, mas também é a renovação, Clóvis. Não posso me intrometer nos assuntos de Vera Cruz, interferindo no livre-arbítrio que rege o mundo. Minha função é guardar o mundo dos sonhos e proteger Vera Cruz de ameaças externas, apenas.

— E se Vera Cruz for devastada pela Borduna de Jurupari?

— Se formos devastados por nós mesmos, nada poderei fazer.

Em meio à indiferença de seu jeito frio, Clóvis pareceu preocupado.

***

Por uma semana inteira, Oiti e Yataí estudaram os livros com o auxílio de Clóvis, mas nada acharam. Nenhuma resposta. Aqueles fungos pareciam algo totalmente novo e repentino em Vera Cruz.

Após desistir de procurar naquela biblioteca, devolveram os livros para Anabanéri.

— Obrigada, guardiã do sonhos. Infelizmente não achamos nada — disse Yataí, desanimada.

— Buscarei informações a respeito disso também, caso eu ache algo, irei visitar vocês em seus sonhos.

Clóvis se pôs a falar:

— Nós, feiticeiros, identificamos uma estranha energia envolvendo Vera Cruz e, em seguida, sentimos a energia de Ivi Marã Ei emanar, indicando que seu portal havia sido aberto. Agora, vocês trazem essa informação de uma praga destruindo a Brasil e a Vitória-Régia Celestial. Esses acontecimentos podem estar interligados. Devíamos buscar uma forma de chegar a Ivi Marã Ei, ali poderemos encontrar respostas.

— Pode ter alguma ligação, sim. Mas você sabe onde fica a entrada de Ivi Marã Ei? É um local que se altera a cada abertura, não é simples de achar, a menos que vocês possuam uma das cerâmicas mágicas que indicam a localização — Oiti disse para Clóvis.

— Não sabemos a localização. Estamos em busca. Alguns dos feiticeiros estão procurando os mapas mágicos que indicam a entrada do portal — Clóvis respondeu.

Yataí dirigiu-se à guadiã dos sonhos:

— Anabanéri, você poderia nos ajudar dando informações sobre onde abriu o novo portal para Ivi Marã Ei. Você deve ter esse tipo de informação.

— Esse é o tipo de informação que não posso revelar, Yataí. Pelas leis dos Dez Deuses, sou proibida de revelar onde fica Ivi Marã Ei, a menos que seja uma situação muito peculiar — disse Anabanéri, e concluiu de maneira mais animadora: — Mas posso dizer que uma das líderes feiticeiras de Vera Cruz conseguiu achar uma das cerâmicas mágicas. Ela está em Bororé neste exato momento. Encontrem-na. Adeus.

Anabanéri esticou o braço direito e tudo escureceu.

Yataí, Clóvis e Oiti acordaram nas redes de prata em Euphórika. Levantaram--se.

— Ficamos por uma semana no mundo dos sonhos, mas é como se tivéssemos dormido apenas por sete horas aqui — disse Clóvis, e concluiu: — Irei para Bororé encontrar a cerâmica com o mapa para Ivi Marã Ei. Pretendo investigar o que está acontecendo lá.

— Gostaríamos de ir com você. Precisamos urgentemente de resposta. Nossas raças podem ser extintas se não descobrirmos o que está acontecendo — disse Oiti.

— Serão bem-vindos! Vamos — Clóvis disse.

O grupo atravessou Euphórika e retornou a Bororé.

Lá estavam os líderes de cada escola de magia de Vera Cruz, com exceção do Mestre Lisboa. Anartia, a feiticeira Borboleta, tinha em mãos uma urna de cerâmica com um mapa para a entrada de Ivi Marã Ei desenhado.

— Anabanéri disse que vocês estavam com o mapa de Ivi Marã Ei — disse Clóvis ao ver os feiticeiros.

— Sim. Eu consegui um dos mapas. Quem são esse curupira e essa mutucu? — perguntou Anartia.

Clóvis explicou suas histórias para os feiticeiros, e Anartia falou:

— Devemos ir para Ivi Marã Ei agora. O príncipe dos curupiras e a princesa dos mutucus são bem-vindos se quiserem ajudar. Decidi reunir todos que puderam comparecer. Enviei uma mensagem mágica para você também, Clóvis, mas a magia do mundo dos sonhos deve ter impedido que chegasse. É melhor que todos nós façamos a jornada, para enfrentarmos juntos quaisquer ameaças. Mestre Lisboa tentou fazer essa viagem sem nossa ajuda e acabou surpreendido pelo Diabo, o feiticeiro traidor que se aliou à ditadura de Lisarb. O Mestre Lisboa está totalmente ferido. Não podemos repetir o erro dele. Vamos todos unidos e seremos mais fortes, ainda mais com a ajuda de um curupira e de uma mutucu.

— Vamos! Não temos tempo a perder — Oiti disse.

Todos partiram rumo à entrada de Ivi Marã Ei.

Capítulo 6

Rei de Ouro

Vou lutar pelo reinado

Contra o embaixador

Vou lutar pelo o reinado

Pois contra o pecado

Não há vencedor

Toninho Nascimento e Romildo, "Congada"

Padre Francisco de Azevedo, o pai de Pedro Malazarte, estava solitário na velha igreja que conduzia. Pensava no filho, pedia proteção para que ele estivesse bem e que aprendesse os caminhos de Deus.

De joelhos diante do altar ele clamava a Deus, quando ouviu passos ecoarem pela igreja fechada.

Virou-se e viu uma pessoa fantasiada com roupas que encobriam todo seu corpo e uma máscara de diabo com a língua de fora.

— O que é isso? Respeite a casa de Deus — disse o padre assustado para a estranha criatura.

— Por todos esses anos você esteve escondendo o ladrão Malazarte aqui, não é? — disse o feiticeiro Diabo, com cada palavra sendo pronunciada por uma voz.

— O que quer de mim? — Padre Francisco falou sem disfarçar o medo.

— Quero que desperte a fúria — o feiticeiro disse e, em seguida, empunhou uma faca e avançou contra o padre.

Cortou-lhe a garganta, matando-o.

***

Domingos Velho seguia Kaput em uma das bases de operação de Lisarb. O local estava abandonado e encoberto pelas sombras, e era iluminado somente por um lampião que o general levava em suas mãos.

Andaram por uma infinidade de escadas de metal, em meio a um número incontável de andaimes.

Ao chegarem em uma plataforma de ferro bem alta, Kaput, que era a única coisa que Domingos conseguia enxergar naquela escuridão, começou a falar:

— Consertaram seu braço mecânico, Domingos?

— Sim, General Kaput. Colocaram um novo. — Domingos levantou o braço metálico e fez alguns movimentos com os dedos.

— Isso é ótimo. Como você faz para movimentar esse braço, Domingos?

— Eu tenho algo ligado a minha cabeça que permite que eu controle os movimentos como se fosse um braço real. — Ele mostrou um pequeno fio de metal que partia do braço e entrava na sua cabeça por um orifício no crânio.

— Com esse braço você consegue atacar bem seus inimigos, não é?

— Sim.

— Consegue imaginar se, ao invés de ser apenas o braço, você tivesse um corpo metálico inteiro?

— Não quero perder meu corpo todo, general — Domingos disse com receio.

— Não precisará. Mas tenho uma arma nova feita para você controlar.

Kaput foi para o extremo da plataforma e girou algumas manivelas, acendendo diversas lamparinas a gás no ambiente.

Revelou-se diante deles a imensa face metálica de uma estátua gigantesca. Encontravam-se na altura do rosto dela, enquanto seu corpanzil se estendia metros abaixo.

Kaput prosseguiu:

— Esse é o N8. Você o pilotará para devastar Ouro Preto. Quando plugar o controlador dele em sua cabeça, irá guiá-lo com a mente, como se ele fosse seu corpo.

Domingos observava com medo e admiração aquele gigante de metal.

— Ele deve gastar muito combustível bottene para manter-se ligado. — O bandeirante comentou.

— Não. O Diabo conseguiu um par de brincos mágicos, que, diz a lenda, pertenciam a um deus chamado Rudá. Ele conseguiu decifrar a forma de extrair o poder mágico dos brincos. Esse gigante tem uma fonte de energia praticamente infinita. O poder de um deus, Domingos! Com ele, finalmente acabaremos com os reinos inimigos que querem instaurar o caos com discursos falsos de liberdade. Iremos unificar Vera Cruz sob uma bandeira de ordem e progresso. Está preparado para usá-lo, Domingos?

— Sim, Mestre.

***

Era noite. Chico-Rei III, o monarca de Ouro Preto, estava no topo de uma das torres do castelo de seu reino acompanhado por Mestre Lisboa, que ainda se encontrava muito ferido por causa de sua luta contra o feiticeiro Diabo.

Ele conseguira fugir do combate usando seus poderes mágicos, mas saiu bastante debilitado.

— Será que Zaila está bem? Estou preocupado — Chico-Rei disse.

— Ela é muito forte e corajosa. Certamente está bem. Deve estar cumprindo sua missão de chegar a Ivi Marã Ei e impedir que a Borduna de Jurupari caia em mãos erradas. — Mestre Lisboa tentava confortar o rei.

— Lisarb prepara um novo ataque. — Chico-Rei mudou de assunto.

— Estou muito fraco, mas os outros feiticeiros, mais os guerreiros e os gorjalas podem dar conta desses ataques de Lisarb — disse o Mestre Lisboa com a voz fraca.

— Sim. Os feiticeiros já estão junto ao exército.

No horizonte era possível ver dois dirigíveis N33 de Lisarb aproximando-se.

— Parecem ter vindo com apenas dois dirigíveis. O que será que eles planejam? — Chico-Rei estranhou.

Mestre Lisboa sentiu um forte calafrio percorrer sua espinha. Suou gelado e teve taquicardia.

— Chico-Rei! Preste atenção! Estou sentindo um poderoso axé aproximando-se de nós. Algo como nunca vi antes! Caso seja um inimigo, devemos evacuar o reino. — Mestre Lisboa disse, assustado.

— Do que fala?

— Está se aproximando alguma criatura com um poder mágico muito além do que podemos enfrentar.

— Lisarb apenas utiliza a magia daquele mascarado. Não é possível que seja ele.

Ao olhar pela janela da torre mais uma vez, Chico-Rei pôde ver emergindo no horizonte noturno um gigantesco ser de metal, iluminado por uma energia verde que escapava das frestas de sua carapaça metálica. Era uma espécie de estátua humana gigantesca; da cintura para baixo sua constituição era semelhante à de um navio. Daquela parte saíam quatro imensas patas metálicas que lembravam patas de inseto, e o "monstro" caminhava de modo parecido a uma aranha. Seu rosto tinha formato humano e uma expressão serena. Os gigantescos olhos também ardiam em luz verde como dois grandes faróis.

— O que é aquilo? — Chico-Rei disse assustado, vendo o colosso de metal avançar.

— Aquilo pode ser nosso fim. Evacue o reino! — gritou Mestre Lisboa.

O robô gigante, movido a energia mágica e pilotado por Domingos, avançou sobre Ouro Preto. Mostrava-se um adversário imbatível.

Domingos sentava-se em uma cabine no interior da cabeça do autômato. Um fio de metal estava acoplado ao seu crânio, onde antes ficava o controle de seu braço metálico. O bandeirante ficava em um estado de semiconsciência, controlando a máquina como se ela fosse seu corpo, apesar de não sentir dor pelo corpo de metal. A princípio, foi estranha a sensação de ter um corpo com quatro patas, e controlar o robô lhe dava náuseas, mas em pouco tempo ele estava dominando a peça.

A parte inferior da máquina, que lembrava o casco de um navio, era tripulada por soldados que controlavam imensos canhões acoplados ao robô.

O reino não conseguia reagir contra aquela gigantesca máquina de morte. O N8 invadiu Ouro Preto bombardeando, pisoteando e dando socos nas construções. Em determinado momento, o robô paralisou e seus olhos emitiram uma luz verde cada vez mais intensa, até que soltou um forte disparo de energia verde pelos olhos, devastando parte de Ouro Preto em infindáveis explosões.

Ouro Preto virou um inferno verde. Sob o ataque intempestivo, a cidade ficou reduzida a cinzas; não parecia sequer sombra do que foi.

Os que sobreviveram se entregavam cheios de pavor, implorando por suas vidas, mas eram pisoteado por Domingos de maneira sádica. O bandeirante se divertia com sua nova arma.

Quando a vitória de Lisarb era certa, ele se desconectou da máquina, que apagou suas luzes verdes. Nesse momento um comunicador Landell na cabine chamou, e Domingos o atendeu.

— Domingos? Aqui é o General Kaput. A missão de Ouro Preto foi concluída?

— Sim. Ouro Preto está devastada.

— Ótimo. Encontre o Chico-Rei ou o corpo dele, decapite-o, salgue sua cabeça e traga para mim. Em seguida venha com o N8 seguindo as coordenadas que te darei. O Diabo achou a localização da entrada de Ivi Marã Ei. Nós iremos para lá e você deve vir com nossa nova arma. Talvez a gente precise de você mais do que nunca.

— De acordo, mestre Kaput.

***

Chico-Rei estava imponente em seu trono de ouro-preto com dois machados esculpidos nos extremos. Ostentava sua coroa de ouro com orixás forjados no topo, como no dia da celebração do Congado. Sentava-se com as costas eretas, em uma postura soberba, enquanto bebia vinho em uma taça também forjada em ouro-preto, quando alguns soldados acompanhados por Domingos invadiram o castelo. O rei fitou a taça, sem reagir aos invasores no cômodo.

O salão principal do castelo, naquele momento, estava em ruínas, suas paredes destruídas com explosões causadas pelo N8.

— Chegaram tarde demais, seus lacaios do diabo! — disse com voz séria Chico-Rei.

Os soldados se aproximaram, apontando suas armas, e viram-no cuspir sangue e, em pouco tempo, tombar do trono. Morto. Envenenara sua própria bebida

para não sobreviver àquela derrota. Um rei tombava com seu reino. Esse foi o fim do Chico-Rei e do reino de Ouro Preto.

***

Já era noite e o Passarola seguia vagando pelo céu de Vera Cruz, rumo à entrada de Ivi Marã Ei. Malazarte estava no convés quando Zaila aproximou-se dele e iniciou uma conversa:

— O céu estrelado está lindo.

— Está, sim.

— O que está lendo? — Zaila perguntou, vendo que Malazarte tinha algumas páginas amareladas em mãos.

— São trechos da Bíblia Sagrada.

— Estranho, você não me parece uma pessoa de muita fé.

— E não sou, mas meu pai é. Eu gosto de ler umas palavras sobre o amor, que é a parte preferida dele.

— Pode ler para mim?

— Sim, princesinha. É assim: "O amor é sofredor, é benigno; o amor não é invejoso; o amor não trata com leviandade, não se ensoberbece. Não se porta com indecência, não busca os seus interesses, não se irrita, não suspeita mal; não folga com a injustiça, mas folga com a verdade; tudo sofre, tudo crê, tudo espera, tudo suporta. O amor nunca falha.".

— É muito bonito! — Zaila sorriu de um jeito meigo, que nem parecia dela. — Posso falar algumas palavras do orixá do amor da crença do meu povo?

— Claro! Adoraria ouvir.

— "Oh Mãe Oxum! Senhora dos rios e cascatas. Orixá das águas claras que lavam os males do mundo. Deusa do Amor! Que o canto de suas águas embale meus sentimentos alimentando meu coração com as vibrações de paz e perdão. Senhora do ouro, clareia meus caminhos."

— É muito bonito também.

Os dois se entreolharam, pensando nas palavras sobre o amor, e aproximaram os rostos até o ponto de um sentir a respiração do outro. Mas Zaila, envergonhada, virou seu rosto para o lado e mudou de assunto:

— É difícil de imaginar que estou nesta jornada com você. A vida é tão louca às vezes. Tem coisas que parecem destino.

— Sim. Essa jornada é obra do destino para mim. Um destino que devo cumprir e não sei ao certo o que é ainda. Você acredita que eu sonhei com a exata localização dessa cerâmica com o mapa de Ivi Marã Ei? Simplesmente sonhei perfeitamente onde ela se localizava e foi fácil pegá-la depois disso.

— Sonhou? Isso é muito estranho.

Koieré, o machado de Zaila, iniciou uma canção melancólica.

— O que é isso? Por que o Koieré está cantando? — Malazarte perguntou.

— Ele está nos avisando de algum perigo. — Zaila disse preocupada, olhando para todas as direções.

— Por Deus! O que é aquilo? — o Padre disse, olhando para o horizonte à frente do Passarola.

Lá estava uma serpente vermelha colossal e com o corpo coberto de inúmeros olhos.

— É uma serpente de fogo! A serpente de cem olhos! — Malazarte falou com medo e admiração.

— É um Boitatá! Devemos fugir dele — Urutau falou.

O Padre começou a desviar a rota do Passarola, mas a serpente avançou na direção do aeróstato.

— Ela vai nos atacar! — Zaila alertou, preocupada.

A serpente colossal avançou e deu um bote na asa direita do Passarola. Com os gigantes dentes afiados, ela desferiu uma mordida que destruiu parte do veículo. O Passarola começou a perder altitude.

— Vocês não vão para Ivi Marã Ei. Não é momento de Renovação. — Uma voz soou, como se fosse emitida pela serpente, embora o animal não tivesse feito nenhum movimento com a boca.

Urutau armou o Arco do Luar com uma flecha de energia, no entanto, antes que pudesse disparar, a serpente gigante mordeu mais um pedaço do Passarola, arrancando a lona e derrubando todos no convés. Ao cair, Urutau disparou a flecha de energia para o alto sem querer, mas o tiro foi em vão.

O Passarola já estava em queda livre quando a serpente abriu a bocarra com hálito quente e deu uma gigantesca baforada de fogo capaz de desintegrar todos.

Mas Diabo, o feiticeiro, surgiu na frente da língua de fogo e conseguiu detê-la com um campo de força mágico.

Malazarte invocou fortes rajadas de vento com seu gorro, criando um colchão de ar que fez com que ele, Urutau, Zaila e o Padre flutuassem até o chão.

Enquanto isso, a serpente tentava devorar o Diabo, que fugia distraindo o monstro e permitindo a fuga do grupo.

— Vamos! Estamos perto da entrada de Ivi Marã Ei. Vamos aproveitar que aquele feiticeiro, Diabo, está distraindo o Boitatá. — Malazarte correu, olhando na direção que o mapa-cerâmica indicava como entrada de Ivi Marã Ei.

— Por que aquele monstro nos atacou? Eu ouvi ele dizendo para não irmos a Ivi Marã Ei. — O Padre falou atônito, tentando seguir o ladrão.

— Aquele feiticeiro é nosso inimigo. Ele é aliado de Lisarb. Por que ele nos ajudou? — Zaila disse, confusa também.

Urutau demonstrava preocupação:

— Devíamos respeitar as ordens de um Boitatá! Ele é uma criatura extremamente sagrada! O pajé me ensinou isso! Se ele nos atacou deve haver algum motivo.

Mesmo com todas as questões, o grupo avançava com Malazarte em direção à entrada de Ivi Marã Ei. O ladrão ignorava as perguntas e seguia rumo ao seu destino.

Capítulo 7

O mal da terra sem males

"Quando os deuses falam você não vê nem escuta. (...) o que acontece na meditação é inexplicável. Sem perceber, as palavras chegam e são ditas por você. Nós somos bicicletas dos deuses."

Tataendy, indígena Guarani Mbya da aldeia Koenju,
"Bicicletas de Nhanderu"

Malazarte corria desenfreado por uma floresta, seguido por Zaila, Urutau e o Padre, que queixava-se do esforço da corrida. Em alguns momentos, o ladrão parava para analisar rapidamente o mapa contido na cerâmica mágica.

O grupo chegou ao pé de uma serra com grandes formações rochosas, que emitiam o som de um rosnar grave ao passar do vento. Aquela era a Serra do Roncador.

Seguiram entre as rochas e chegaram a um lugar em que duas imensas paredes de pedra criavam um corredor, onde ficava um bonito jardim com flores e plantas ornamentais. Aquele local era o *jardim do silêncio*. Atravessando-o, chegaram próximo a uma lagoa.

No horizonte, Malazarte pôde ver parte de um dirigível onde se lia "Victoria" em letras garrafais na lona vermelha.

— Pelo visto, temos companhia. — Malazarte apontou para o dirigível no horizonte.

De encontro ao quarteto, surgiu um homem de cavanhaque vestido de modo elegante, uma mulher jovem de roupas brancas segurando uma cerâmica semelhante à de Malazarte, e um homem com uma capa preta. Eram Júlio César, Isabel e Castilho.

Os dois grupos se aproximaram e ficaram parados um diante do outro.

— Pela cerâmica que carregam, posso ver que também estão em busca de Ivi Marã Ei —Malazarte falou.

— Sim! Recebemos a missão de proteger a borduna do deus do pesadelo — respondeu Isabel.

— Ótimo. Eu e ela estamos nesta mesma missão. — Urutau apontou para Zaila e disse animado: — Podemos unir forças.

— Você é a ex-princesa de Lisarb! Eu conheço seu rosto! — Zaila apontou para Isabel.

— E você é Zaila, a princesa de Ouro Preto. Podemos unir forças se nossos objetivos são os mesmos — Isabel respondeu.

— Nossos objetivos nunca foram os mesmos! Eu não confio em você! Somos inimigas! Seu reino sempre guerreou com o meu. Mesmo quando vocês da monarquia estavam no poder — Zaila disse.

— Eu entendo seu descontentamento, mas sempre lutei por um acordo de paz com Ouro Preto, sempre lutei pela liberdade dos negros, e aboli a escravidão antes de ser deposta por um golpe.

— Enquanto você negociava com seu parlamento se devíamos ou não ser tratados como animais, nossos irmãos tomavam chibatadas de seus senhores em fazendas regadas a sangue negro. E quando nós de Ouro Preto ajudávamos na libertação deles, o exército de vocês nos atacava.

— As coisas não são tão simples, Zaila. Não éramos um poder absoluto em nosso Império, éramos um poder moderado. Tudo dependia de muita negociação política. Eu fiz o que estava ao meu alcance.

— Não confio nisso! Nem confio em você! Você pode estar aqui só para pegar a borduna e, com o poder dela, voltar ao trono de Lisarb.

A tensão entre as duas princesas ficou no ar.

Um novo grupo chegou ao local. Eram Oiti, Yataí e os mestres das escolas de magia. Anartia, voando com suas asas de borboleta à frente do grupo, segurava consigo uma cerâmica. Oiti e Yataí vinham sobre o porco selvagem domado pela mutucu, enquanto parte dos feiticeiros, Anhanguera, Clóvis, Andarilho e Exá montavam cavalos sem cabeça e Matinta Pereira voava em forma de coruja.

— Vejo que também estão com o mapa para a entrada de Ivi Marã Ei. O que pretendem lá? Foram vocês que abriram o portal antes do tempo? — Anartia perguntou, pousando com batidas ritmadas das suas asas de borboleta.

Os três grupos se encaravam mutuamente. Um ar de desconfiança e apreensão carregava o ambiente.

Isabel respondeu, representando seu grupo:

— Recebemos um chamado do Castelo de Rudá para que protegêssemos a Borduna de Jurupari. E viemos a este lugar através do mapa.

— Zaila, sabemos que está aqui em nome do Mestre Lisboa com esse mesmo intuito de proteger a borduna. Podemos unir forças, pois, parece que todos estamos aqui pelo mesmo motivo, com exceção desse aqui. — Anartia apontou para Malazarte e concluiu: — Sabemos que está apenas atrás das peças em ouro de Ivi Marã Ei. Não vamos fazer nenhuma imposição, ladrão, mas saiba que aquele que leva os tesourou de Ivi Marã Ei fica amaldiçoado.

— Não me importo com maldições. Falavam que aquele que rouba o gorro de um saci também ficava amaldiçoado, e eu estou aqui, firme e forte — Malazarte falou.

— Vamos, então. A entrada do portal está nesse lago diante de nós — Anartia disse.

Uma explosão aconteceu diante do grande grupo. Era um tiro de matadeira. Soldados de Lisarb avançaram derramando disparos de mosquete. Eram militares comandados pelo próprio Kaput, que estava ali guiando uma pequena tropa.

— Malazarte é a prioridade! Matem-no — gritou o general.

O combate irrompeu como um pandemônio entre o exército de Lisarb e o grupo. Fugindo da batalha, Malazarte, sorrateiro e veloz, mergulhou no lago diante dele.

O exército de Lisarb era numeroso, mas não estava conseguindo dar conta daquele grupo fantástico, em especial por causa da presença de Oiti e Yataí. O curupira estava com seus cabelos transformados em chamas, demonstrando que utilizava seus poderes, e o mesmo acontecia com Yataí, com a diferença de que as chamas dos seus cabelos eram azuis.

Os tiros disparados contra os dois tinham seus projéteis parados no ar a poucos centímetros de seus corpos; em seguida, as balas caíam no chão, transformando-se em sementes, que germinavam em flores instantaneamente.

Oiti avançava contra os soldados e, ao encostar a ponta do dedo indicador nos militares, eles caíam desmaiados. Com Yataí não era muito diferente, mas ao chegar nos soldados, ela agia com violência: perfurava seus corações e gargantas com sua lança.

— O que está fazendo, Yataí? Não os mate! — Oiti assustou-se com chacina que Yataí estava provocando.

— Por que não? Se eles pudessem, nos matariam. Esses não são humanos bonzinhos como os que você gosta de proteger. Aliás, os humanos que estão do nosso lado também estão ferindo e matando alguns deles. — Yataí indicava Zaila, Urutau e Castilho ferindo os soldados no calor da batalha.

— Não se iguale a eles, somos seres evoluídos. Você sempre disse que não era tão sanguinária quanto a maioria dos mutucus — Oiti disse.

Nesse momento, um soldado de Lisarb disparou um tiro com o canhão matadeira contra o casal. Yataí esticou a mão direita e a bala de canhão ficou parada, flutuando diante deles.

— Eles tentam nos matar. Veja! Esse tipo de humanos matariam toda uma floresta se pudessem. Você quer mesmo que eu tenha piedade deles? Não devo devolver esse tiro nele usando meu poder? — Yataí disse, inconformada.

Oiti encarava sua amada no fundo dos olhos.

— Se confia em mim e quer ter uma vida ao meu lado, deve conter esse impulso. Não somos chacinadores como eles são.

Yataí fez um movimento com a mão direita e a bala de canhão caiu no chão, afundou na terra e dela brotou uma árvore que cresceu instantaneamente no local.

***

Castilho protegia Isabel e Júlio César com sua capa preta, e sempre que um soldado se aproximava tentando um combate corpo a corpo, ele derrotava-o com a espada dos Bragança. Urutau disparava suas flechas mágicas, derrotando uma leva de soldados também. O Koieré cantava e Zaila avançava rápido, devastando seus oponentes com o imponente machado. Enquanto isso, os feiticeiros auxiliavam no combate utilizando suas magias.

Por fim, os soldados de Lisarb estavam caídos, derrotados; e Kaput, solitário diante dos seus oponentes. Ele levantou suas mãos em sinal de rendição.

Zaila e Isabel aproximaram-se do general derrotado. Odiavam tudo que ele representava e Zaila tinha vontade de puni-lo ali mesmo, mas antes que pudessem falar ou fazer qualquer coisa, Kaput se pôs a falar:

— Sei que estou diante de inimigos e que vocês me odeiam. Mas preciso que me ouçam. Reparem que Malazarte não está mais entre nós. Depois vocês podem me punir por qualquer coisa, mas ele precisa ser detido, precisa ser morto agora! Ele é herdeiro da linhagem demoníaca de Jurupari. É por isso que eu quis tanto matá-lo: ele está destinado a destruir a raça humana.

— Do que está falando? — Zaila perguntou, espantada.

— Eu era um oficial do exército especializado em história e arqueologia. Em minhas pesquisas na Ilha de Marajó, decifrei a mensagem de um antigo povo. Essa mensagem contava que Jurupari, o deus do pesadelo, se voltou contra os humanos por pensar que eles estavam destruindo tudo o que os deuses construíram. Porém os deuses aprisionaram e castigaram Jurupari. O deus do pesadelo fugiu de sua prisão e, antes que fosse pego de novo, ele engravidou uma humana e rogou uma maldição para que seus herdeiros tivessem o destino de acabar com os homens. Todos os descendentes de Jurupari tinham a motivação de buscar a arma do deus e destruir os humanos. Em seus sonhos, eles conseguem ver a borduna sagrada de Jurupari e sempre estão em busca dela. Como em uma programação mental, o sentido da vida deles é esse. Apenas eles podem controlar o poder dessa borduna, a mais poderosa arma de Vera Cruz. Com o poder da borduna eles terão o domínio sobre um monstro gigantesco, o poderoso Mapinguari-Mestre.

Ao final da explicação, todos olhavam admirados para Kaput, formando uma roda em torno dele.

— Pare com essas mentiras! Histórias tolas! Você quer nos persuadir com coisas que inventa. — Zaila esbravejou, preparando-se para golpear Kaput.

— Vamos deixar que ele termine, ele pode ter algo importante a dizer. Depois pode castigá-lo. — Isabel interveio, segurando a mão de Zaila.

A princesa de Ouro Preto irritou-se com a intromissão da ex-princesa de Lisarb, mas ficou pensativa, dando brecha para Kaput retomar a fala:

— Jurupari desenha uma marca nos braços de cada um dos seus descendentes para que todos saibam que aquele é um amaldiçoado, alguém destinado a aniquilar os humanos com a arma do deus do pesadelo. Durante anos existiram grupos de caça aos "filhos do pesadelo", como são conhecidos os herdeiros de Jurupari. Com o tempo, esses grupos foram se extinguindo e a história ganhou ares de lenda. Então, em minhas pesquisas, descobri que entre nós existiam vários filhos do pesadelo, e que por sorte poucos chegaram até Ivi Marã Ei. Mas isso era uma questão de tempo. Portanto, criei meu próprio grupo de extermínio e notifiquei minhas descobertas ao então imperador.

— E o que meu pai disse em relação a isso? — Isabel perguntou com espanto, pois nunca tinha ouvido falar daquela história.

— Ele disse que não poderia executar pessoas a partir de superstições. Reduziu a nada as minhas descobertas. Então, aproveitando o apoio da elite de Lisarb, que estava descontente com a monarquia devido à abolição da escravatura, eu e outros militares tomamos o poder. Precisava dominar Lisarb para livrá-la desse perigo. Criei um plano de vacinação da população. Sempre que achávamos algum filho do pesadelo, o inoculávamos com uma bactéria fatal. E assim fomos dizimando os filhos do pesadelo. Esse nosso plano de vacinação forçado acabou por criar uma revolta popular, a Revolta da Vacina.

— Isso é tudo invenção sua! E por que acha que Malazarte é um dos amaldiçoados? — Zaila perguntou, mas reconhecia que Kaput falava convicto demais para estar mentindo.

— Quando eu ainda era um tenente, tive uma mulher. Ela era especial para mim, mas foi por causa dela que comecei a pesquisar mais a fundo sobre isso. Ela era uma filha do pesadelo. Eu me intrigava com a marca dela e com a obsessão louca que tinha por encontrar Ivi Marã Ei. Em um pesadelo ela gritava que pegaria e borduna de Jurupari e destruiria a raça humana. Primeiro pensei que aquilo poderia ser uma crise de loucura ou coisa do tipo. Mais tarde ela engravidou e, nesse tempo, eu confirmei minhas pesquisas com a pedra do Ingá e com as relíquias da Ilha de Marajó. Montei com alguns companheiros o grupo de extermínio, e então nasceu meu filho. Ele tinha a marca, assim como a mãe. Não tive coragem de matá-los. Com muito pesar, deixei a missão para um companheiro. Ele assassinou minha mulher e, anos mais tarde, descobri que ele não teve coragem de assassinar meu filho e o entregou para um padre, que o criou em uma pequena paróquia. Malazarte é o meu filho.

— Você foi capaz de permitir que matassem a sua própria esposa? E queria que matassem seu filho? Que tipo de demônio é você? — Isabel perguntou indignada, olhando para Kaput.

— O tipo de demônio que daria a vida das pessoas que mais ama se isso significasse um bem maior.

— De fato, filhos do pesadelo existem. Eles trazem o caos. O que esse homem fala pode ser verdade. — Oiti disse em voz alta e concluiu, cochichando com Yataí: — Será que esse filho do pesadelo também está por trás dos fungos malditos que estão destruindo nossos lares?

— Precisamos averiguar. — Yataí respondeu.

Clóvis perguntou para Kaput:

— Como você chegou aqui? Como sabia onde era a entrada de Ivi Marã Ei? Não parecia ter uma cerâmica mágica, como nós.

— O feiticeiro, Diabo, meu aliado, descobriu onde era localização e, assim que soube, me enviou as coordenadas.

— Não podemos ficar parados. Se for verdade o que ele diz, temos que entrar em Ivi Marã Ei e impedir que Malazarte pegue a borduna. O portal é nesse lago! Vamos! — Castilho interveio.

— Precisamos prender Kaput! Ele é um líder sanguinário. Mesmo que a história que ele contou seja verdadeira, isso não apaga as guerras que provocou. — Zaila tinha o Koieré cantando enquanto encarava o general de Lisarb.

— Eu ficarei aqui com Kaput, vigiando-o. Além do mais, ele pode estar mentindo. Pode ter inventado toda essa história — Clóvis disse.

— Tudo bem, Clóvis. É prudente. Vamos os outros! Não temos tempo a perder — Anartia falou pelos feiticeiros.

Com exceção de Clóvis e Kaput, todos mergulharam no lago. Debaixo d'água havia uma luz azul bonita que delimitava um portal. Ao tocarem na luz, eles sumiram e apareceram em Ivi Marã Ei.

***

O grupo viu-se subitamente em Ivi Marã Ei. Era dia no local. Um lugar belo, repleto de vegetação baixa, com um grande campo de flores de diversas espécies como flor de são miguel, boca-de-leão e gardenia, que geravam um bonito e imenso tapete colorido. Longe, era possível ver uma cidade totalmente abandonada, com uma porção de casas de arquitetura arredondada. Ao centro, podia-se ver uma praça com uma imensa torre negra erguida. No ápice da torre existia a estátua de mármore de um homem de pé, apontando com a mão direita para o norte.

O grupo se encontrava perto de uma rua larga de pedras, que levava até a cidade adiante. E de três arcos; o maior o era o do centro, encimado por uma escultura em pedra. Era a figura de um ídolo semelhante aos cultuados pelo povo da Ilha de Marajó, uma cabeça estilizada com rosto largo, nariz achatado e grafismos espalhados pela sua face estranha..

Ao que o grupo aproximou-se dos arcos, a cabeça de pedra começou a mover sua rígida boca e pronunciar palavras em um dialeto diferente. Após os dizeres, a escultura silenciou e voltou à sua rigidez habitual.

— "Esta é Ivi Marã Ei, a terra dos deuses. Mas nós, seus criadores, descobrimos que Vera Cruz é apenas uma ilha e decidimos explorar outros mundos. A vocês, nossos filhos, deixamos este mundo e tudo que precisarem. Sejam fortes, sejam também deuses. Nhanderu" — Urutau traduziu e continuou: — É o que disse a cabeça no arco. Ela falou em tenetahara, que é uma antiga língua do meu povo.

— Os deuses nos deixaram? Será real isso? — Anhanguera, o feiticeiro indígena, perguntou depois do silêncio reinar por um tempo.

— Não importa a vontade dos deuses. Temos que encontrar Malazarte e tirar a limpo se o que Kaput disse é verdadeiro. — Zaila decidiu e andou em direção à cidade.

***

Malazarte estava diante da torre negra que existia no centro da praça de Ivi Marã Ei.

A torre possuía uma grande porta de prata, que se encontrava aberta. O ladrão correu para dentro da construção que tinha o chão pintado em grafismos pretos organizados em círculos que diminuíam até o ponto central, onde havia um pedestal semelhante a uma pequena coluna. Sobre o pedestal, estava a borduna de Jurupari de pé, equilibrada fantasticamente sem auxílio de nada. Era de um material indecifrável e de uma beleza incomum. Uma bela arma de um preto bem intenso, contrastado com grafismos acesos em vermelho vivo.

Ele parou por longos momentos diante da borduna. Sentia-se confuso. Lembrava dos ensinamentos de amor que seu pai, o Padre Francisco, havia lhe ensinado, ao mesmo tempo em que sentia um grande impulso para pegar a borduna e devastar o mundo, dando lugar à renovação.

O grupo chegou à torre. Yataí tomou a dianteira e, ao ver Malazarte, ela arremessou sua lança na direção da cabeça do ladrão, mas o poder da borduna, que já emanava parcialmente para ele, desviou a trajetória da lança.

Por sua vez, os feiticeiros também tentaram atacá-lo com sua magia, mas os feitiços não funcionavam contra ele.

Castilho correu em direção a Malazarte, mas bastou um gesto com a mão, e o

NARCISO.
2018

poder do gorro criou um vendaval, deslocando o Capa Preta para longe.

— Malazarte! — Zaila gritou. — Kaput disse que você é um herdeiro de Jurupari e que pretende pegar a borduna para subjugar a raça humana. Essa loucura pode ser verdade?

Malazarte levantou a manga da camisa e mostrou em seu braço uma marca, como uma tatuagem. Eram figuras geométricas, com alguns triângulos e uma oval; a marca de que ele era um filho do pesadelo.

— É verdade. Veja o que os homens andam fazendo uns com os outros. Veja o que fizeram com as pessoas de pele negra. Veja as guerras. Estamos destruindo a tudo e todos. Uma era de renovação precisa começar. Eu serei o rei deste mundo e apagarei o erro humano. E você será minha rainha, se assim quiser. Faremos a justiça divina no lugar dos deuses que nos abandonaram — Malazarte disse com face insana.

— Você me usou? Omitiu isso de mim o tempo todo enquanto eu estava te acompanhando e ajudando nessa jornada? — Zaila falou, irritada e confusa.

— Omiti. Era necessário. Eu não podia falhar no meu plano. Zaila, entenda, Jurupari foi um legislador em prol dos humanos, desceu à terra e conviveu com eles. Tentou ajudá-los da maneira mais pacífica possível, e o que ele viu entre os homens foi um antro de egoísmo e ganância. Ele viu que deveria atordoá-los com o caos para que, em meio às dificuldades, eles florescessem os sentimentos mais puros. É isso que irei fazer. Vou fazer justiça e depois quebrar o sistema maléfico de sociedade que a raça humana moldou com sua ganância. Pisarei naqueles que se acham a lei, e destruirei as hierarquias infundadas. Quero que você faça parte disso sendo minha rainha — Malazarte disse e segurou a borduna diante dele.

Nesse instante, todo seu corpo foi envolvido por luz e grafismos em cor vermelha. Com movimentos das mãos, ele arremessou todos os adversários para longe, ficando apenas Zaila de pé diante dele.

Zaila chorava diante do ladrão.

— O que você pensa que está fazendo?

— Vamos pisar neste mundo asqueroso, Zaila. Seremos eu e você agora. Eu sempre gostei de você. Vamos criar um mundo novo. — Malazarte estendeu os dedos e limpou as lágrimas dos olhos de Zaila.

O Koieré cantava desesperado, pedindo pela cabeça de Malazarte, mas Zaila ficou incólume diante do ladrão.

— Eu não irei me juntar a você. Você é mais do que isso! Recuso a acreditar que isso é tudo que você é! Não faça isso! — Zaila esbravejou.

— Se não se juntar a mim, irei só.

Malazarte voou, afastando-se de Zaila. Flutuou até o portal de Ivi Marã Ei. Ao mergulhar nele, retornou para o lago próximo à Serra do Roncador.

Ao surgir no lago, uma imensa nuvem negra tomou o céu e começou a descer na terra, transformando-se em um gigantesco monstro de cerca de setenta metros de altura. Era humanoide, com apenas um olho grande na cabeça, a pele semelhante ao couro de jacaré, as mãos e os pés com grandes garras e, no abdômen, uma imensa boca com dentes afiados e bafo quente.

Malazarte voou até o ombro direito do monstro e lá ficou, enquanto a criatura avançava com seus passos colossais. Graças ao poder da Borduna, o ladrão agora tinha o domínio sobre aquele ser descomunal, o Mapinguari-Mestre.

Capítulo 8

O Mestre do Destino

Conquanto a liberdade proceda da inteligência, é, não obstante isto, um ato de vontade.

Pelo que, se o indivíduo não estiver em condições de poder determinar-se, isto é, se lhe falta a liberdade, ele não poderá agir como ser racional.

Padre Landell de Moura, "Confissões de um padre cientista"

Kaput se encontrava de pé diante de Clóvis, vendo imensas nuvens negras começarem a descer do céu.

— O que é isso? — o general perguntou.

— Não sei ao certo, mas sinto um interminável axé vindo dessas nuvens — Clóvis respondeu.

Puderam ver o lago diante deles brilhar e dali sair Malazarte voando ligeiro rumo às nuvens. Aos poucos, elas tomaram a forma de um gigante e transformaram-se no Mapinguari-Mestre.

— Pelo visto, seus companheiros falharam em deter Malazarte — Kaput observou.

O Mapinguari-Mestre avançou com seus gigantescos passos, saindo de perto da Serra do Roncador e avançando pela floresta, pisoteando as árvores.

Logo saíram do lago os feiticeiros, Isabel, Castilho, Zaila, Urutau e o Padre.

— Deixamos que Malazarte escapasse — disse Isabel, de olhos fixos nos movimentos da criatura.

— Eu falhei! Eu falhei! O pajé me deu a missão de salvar Vera Cruz e eu falhei. Ele tinha razão, eu só faço coisas erradas. — Urutau chorava desesperado ao ver o monstro.

Em meio ao choro, o corpo de Urutau começou a se deformar, sendo encoberto por penas; de sua boca surgiu um bico de pássaro, de suas costas brotou um par grande de asas de penas cinzas, seus olhos arregalaram e ficaram amarelos e com íris negras. Ele virou um homem-ave.

— Então o ladrão conseguiu! Nada mal. — disse o homem-ave, ainda se debatendo por causa da transformação.

— O que é você? — Zaila perguntou assustada.

— Eu sou um espírito da noite que divide o corpo com Urutau, e agora estou no domínio. Urutau sofre da maldição de Azã.

O grupo estranhou a transformação de Urutau, mas não deram tanta importância. A prioridade era pensar no que fazer em relação a Malazarte.

— Temos que arrumar uma forma de deter Malazarte! — Isabel disse.

— Temos poucas chances, mas temos. Ele tem uma arma dos deuses. Nós temos três — disse Yataí.

— Três? — Castilho perguntou.

— Sim. Cada um dos dez deuses deixou uma arma com parte dos seus poderes. Temos aqui o Arco Lunar, o Carbúnculo e o machado Koieré — Oiti explicou.

— Você sabe que neste momento somente a Borduna de Jurupari está com seu poder próximo ao máximo. Não existe possibilidade de vencê-lo — disse o homem-ave.

— Do que falam? — Isabel perguntou.

O homem-ave respondeu:

— Antes de partirem, os dez deuses deixaram artefatos mágicos com parte de seus poderes para que os habitantes de Vera Cruz pudessem se defender de qualquer ameaça. Até mesmo Jurupari teve permissão para deixar sua borduna. Mas para que não fosse qualquer pessoa que usufruísse dos poderes divinos, os deuses colocaram selos nos artefatos, impedindo o uso dos seus poderes. E para cada selo, cada entidade escolheu uma fraqueza:

"A fraqueza do selo do Koieré, o machado de Anhangá, o deus do combate, é a Coragem; quanto mais corajoso é seu usuário, mais axé o Koieré libera;

"A fraqueza do selo do Carbúnculo, a pedra de Sumé, o deus da sabedoria, é a sabedoria; quanto mais sábio é seu usuário, mais axé o Carbúnculo libera;

"A fraqueza do selo do Arco Lunar, o arco de Jaci, o deusa da Lua, é a excentricidade; quanto mais excêntrico é seu usuário, mais axé o Arco Lunar libera;

"A fraqueza do selo do Acangatara, o cocar de fogo de Angra, a deusa do fogo, é a força de vontade; quanto mais força de vontade o seu usuário tem, mais axé o Acangatara libera;

"A fraqueza do selo da Lança Solar de Guaraci, o deus do Sol, é o ânimo; quanto mais animado e vívido é seu usuário, mais axé a Lança libera;

"A fraqueza do selo da Flauta de Akuanduba, o deus da música e da harmonia, é a temperança; quanto mais equilibrado é seu usuário, mais axé a flauta libera;

"A fraqueza dos Brincos de Rudá, o deus do amor, é amor; quanto mais amor seu usuário tem, mais axé os brincos liberam;

"A fraqueza do Medalhão do Trovão, do deus dos raios Tupã, é a espontaneidade; quanto mais espontâneo é seu usuário, mais axé o medalhão libera;

"A pulseira de Nhanderu, o deus da liderança, é dada a um escolhido e a Borduna de Jurupari, o deus do pesadelo e da renovação, tem seu selo rompido na presença de filhos do pesadelo.

"Enquanto vocês estão usando cerca de 20% do poder das armas de vocês, Malazarte está com praticamente 100% do poder da borduna. Vocês não têm chance alguma contra ele."

— É claro que cogitei a hipótese de falhar na minha investida contra Malazarte, por isso formulei uma alternativa. Lá vem ela. — Kaput apontou para o horizonte, onde surgia o N8, o robô gigante.

O autômato brilhava em luzes verdes enquanto avançava na direção do Mapinguari-Mestre.

— O que é aquilo? — Castilho perguntou.

— O feiticeiro Diabo, que é meu aliado, conseguiu encontrar os Brincos de Rudá em uma ilha flutuante que vaga por Vera Cruz. Ele é um feiticeiro muito poderoso e conseguiu desfazer parcialmente o selo, liberando uma energia estrondosa, a qual ele mesmo não era capaz de controlar. Então, pensando em como seria usado como fonte de energia, obriguei o engenheiro Santos Dumont a desenvolver uma máquina de combate movida pela energia do artefato divino. Com a ajuda de sua equipe, ele criou o poderoso N8 — Kaput disse.

Em seguida, o general mexeu em uma bolsa anexada a seu uniforme, uma espécie de bolso grande, puxou um comunicador Landell e começou a falar:

— Domingos! Ouça com atenção! A sua missão é abater esse monstro gigante diante de você. Se conseguir, destrua Malazarte, é ele quem está controlando essa fera.

O Mapinguari-Mestre e o N8 aproximaram-se e iniciaram uma violenta batalha.

Enquanto assistiam no horizonte à briga do autômato gigante contra o monstro colossal, Zaila clamou desesperada:

— Malazarte nunca foi muito correto, mas ele não é isso! Ele não é esse demônio que quer destruir o mundo. Ele está sendo dominado pela maldição que carrega por ser um filho do pesadelo. Eu preciso convencê-lo a parar! Alguém me ajuda a ir lá falar com ele! Por favor!

— É muito perigoso! Aproximar-se dele nesse estado pode causar sua morte e a de quem for com você — disse Anartia.

— Eu te levo! Será interessante. Vamos! — disse o homem-ave, imprudente.

Ele deu um abraço lateral em Zaila e partiu para o alto, batendo suas asas.

***

Urutau sobrevoou o combate entre o Mapinguari-Mestre e o N8 e, em um rasante, arremessou Zaila no ombro do Mapinguari, onde estava Malazarte, e bateu em retirada.

— O que faz aqui? Saia daqui se não quiser morrer. — O ladrão encarou Zaila.

— Se quiser me matar, vá em frente! Eu não vou desistir de você — Zaila disse e quase caiu com o impacto de um soco que o N8, controlado por Domingos, deu no mapinguari.

— Acabará morrendo assim! Se não veio se aliar a mim, não me perturbe! — Malazarte disse, impositivo.

— Por que está fazendo isso, Malazarte? Por quê?

— Porque é o meu destino, Zaila. Eu nasci com esse destino.

— É esse que você quer que seja seu destino? Você tem o livre-arbítrio! Todos temos! Você é o mestre do seu destino!

— Você não entende, Zaila! Eu preciso renovar este mundo podre.

— Pense naquelas palavras de amor que seu pai te ensinou. Isso que você está fazendo não tem nada em comum com aqueles ensinamentos do seu pai.

Malazarte ficou pensativo. Lembrava da educação e do amor que seu pai lhe dera ao longo da vida. Recordava os momentos de alegria que viveu. Ficou confuso.

— Esqueça isso tudo. Podemos fazer do mundo um lugar melhor de outra forma, Malazarte. — Zaila, chorando, aproximou-se do ladrão.

— Desista! Você não vai me convencer. — Malazarte disse, mas estava muito confuso.

— "O amor tudo sofre, tudo crê, tudo espera, tudo suporta. O amor nunca falha", não foi isso que você me disse, a mensagem que seu pai gostava de ler? Eu suportarei tudo para te fazer desistir disso — a princesa falou, lacrimejando.

Ela se aproximou vagarosamente de Malazarte e segurou seus ombros, enquanto ele a encarava com os olhos marejados. Tinham dificuldades para se equilibrar sobre o mapinguari, que continuava a lutar, mas mantinham-se de pé, olhando profundamente nos olhos do outro.

— Você tem razão. Eu preciso ser forte. Eu sou o mestre do meu destino. Maldição nenhuma deveria me controlar — Malazarte falou com olhos transbordando lágrimas.

Nesse momento, o mapinguari deixou de lutar, e o N8 aproveitou a abertura para desferir novos golpes no monstro.

Malazarte usou seu poder para voar com Zaila para a terra firme e deixou o mapinguari apanhando do N8, sem reagir.

Já no solo, junto com Zaila, o ladrão disse:

— Tenho que me livrar dessa borduna e mantê-la segura.

— Sim! Vamos fazer isso! Obrigada por me ouvir, Malazarte — Zaila disse aliviada e sem refrear a felicidade.

A princesa então avançou e deu um beijo na boca do ladrão, que correspondeu apaixonado. Tudo parecia estar se ajustando, quando eles tiveram suas carícias interrompidas com uma frase:

— Lisarb trouxe este presente para vocês. — Cada palavra foi pronunciada com uma voz.

Era o feiticeiro Diabo a aproximar-se, flutuando, do casal. Em seguida, de uma bolsa de couro, ele retirou duas cabeças envolvidas por sal. Eram as cabeças do Padre Francisco, pai de Malazarte, e de Chico-Rei III, pai de Zaila. O feiticeiro arremessou as cabeças uma para cada um.

Zaila segurou a cabeça, mas quando viu o que era, vomitou. Malazarte, por sua vez, ficou tonto e à beira de um desmaio.

— Ouro Preto foi totalmente destruída por Lisarb. E Kaput mandou salgar a cabeça de Chico-Rei para expor, servindo de exemplo. Eu a peguei a poucos minutos com Domingos, o homem que pilota aquele autômato. O mesmo para o seu pai, Malazarte. Ele foi executado em punição por te esconder durante todo esse tempo — o Diabo disse.

Malazarte e Zaila estavam totalmente aflitos.

O Mapinguari-Mestre emitiu um rugido estarrecedor de sua bocarra e voltou a lutar contra o N8. Agora, lutava com mais vigor. Malazarte voltou a despertar seu lado obscuro.

— Por que você está aqui e nos mostrou isso? — Malazarte perguntou com uma expressão totalmente insana.

— Porque não confio no Kaput e em suas intenções. E acredito na renovação que você pode nos trazer. Jurupari era o deus do pesadelo, mas também era o deus da renovação. Você pode transformar este mundo — disse o Diabo.

— Eu farei isso! Irei renovar Vera Cruz com sangue! — Malazarte disse com ódio nos olhos.

Ver a cabeça de seu pai fez com que a loucura o dominasse.

— Leve-me com você! Eu quero fazer parte disso! Quero destruir Lisarb inteira! — Zaila disse também, envolvida por ódio.

— Ninguém impedirá vocês. O N8 parará de funcionar. Dentro de sua cabeça está o homem que comandou o ataque a Ouro Preto — Diabo disse.

Diabo estalou os dedos e as luzes verdes do N8 apagaram de cima para baixo. O robô paralisou. O feiticeiro havia desfeito o feitiço que enfraquecia o selo do artefato que movia o autômato gigante.

Malazarte fez com que o Mapinguari-Mestre destruísse a cabeça do N8 para que o monstro, em seguida, retirasse o piloto Domingos Velho e o esmagasse, assassinando-o.

***

Malazarte e Zaila flutuaram até o ombro do Mapinguari-Mestre, que vagou em passos largos, com um destino e uma certeza: destruir a maior nação de Vera Cruz, Lisarb.

Uma nova era estava para iniciar em Vera Cruz. Um filho do pesadelo tinha sede de vingança, e traria uma renovação banhada em sangue para aquele mundo.

Epílogo

Alguns dias depois

Clóvis andava por uma caverna situada em um ponto alto de uma montanha. Em passos cuidadosos, ele se aprofundou na escuridão da gruta. Carregava presa a uma corda uma esfera azul de cerca de vinte centímetros de diâmetro, de um material que lembrava uma grande pérola. Após um gesto com a mão, a esfera acendeu magicamente como se fosse uma lâmpada.

Iluminado, ele avançou pela caverna até chegar a um lugar com vestígios de moradia. Panos, livros, armários, lunetas, óculos, crânios de animais e humanos, bússolas, sextantes, oitantes, e uma esfera armilar podiam ser encontrados ali. Alguém frequentava aquela gruta, e provavelmente era um cientista ou estudioso.

Seguindo adiante, Clóvis deparou-se com o feiticeiro Diabo.

— Finalmente te encontrei. Achava que poderia fugir para sempre? Sei que está por trás das tragédias de Vera Cruz — Clóvis disse, como sempre, com várias vozes.

— O que quer? Você sozinho não tem chances de me vencer — o Diabo disse, também com vozes múltiplas.

— Quero saber quem é você!

Clóvis girou a corda presa à esfera que carregava e arremessou-a na direção do Diabo. A corda esticou-se, seguindo o trajeto da esfera, e colidiu com a máscara de demônio de língua de fora.

A máscara partiu em vários pedaços, revelando quem era o Diabo. Era um homem de traços delicados, com pele branca, olhos azuis e cabelos longos e lisos. Entre os cabelos escorridos, era possível ver suas orelhas pontiagudas.

— Você não é de Vera Cruz! Você não pertence a este mundo! Você é um elfo! — disse Clóvis, e dessa vez falou com uma única voz, que era feminina e doce.

— Assim como você.

Clóvis retirou sua máscara e revelou ser também daquela raça. Era uma elfa de olhos verdes, pele branca, e cabelos negros e lisos.

— A ordem era que ninguém agisse até o dia da grande invasão. Era para ficarmos infiltrados entre os habitantes de Vera Cruz, apenas passando informações. Você interveio na vida deles e agiu por conta própria! Por quê? — Clóvis perguntou.

— Por que vim em uma missão secreta.

— Qual era sua missão? E quem é você? Seu rosto é familiar, mas não me lembro.

— Sou Merlin.

A elfa que se passava por Clóvis ficou paralisada de espanto e admiração.

— Merlin?! O maior dos magos!

— Não precisa se espantar tanto. Quanto à minha missão, era desestabilizá-los. Foi muito fácil. Eu consegui abrir o portal de Ivi Marã Ei, mas não fui capaz de adentrar o lugar. Existe um grande poder que impede estrangeiros de entrar lá. Mas, ainda assim, consegui realizar o que queria. Gerei um sonho em Malazarte mostrando-lhe onde encontrar uma cerâmica com o mapa para Ivi Marã Ei. O resto foi apenas deixar as coisas acontecerem.

— Você também ajudou na criação daquele autômato gigante de Lisarb.

— Sim. Com ele, Lisarb destruiu Ouro Preto. Lisarb e as outras nações serão destruídas por Malazarte com seu Mapinguari-Mestre. Os curupiras e os mutucus são raças realmente poderosas neste mundo, raças a serem temidas, mas espalhei um fungo chamado "desesperança" que está consumindo a árvore Brasil e a Vitória-Régia Celestial, que são suas fontes de poder. Os habitantes de Vera Cruz são caóticos e facilmente manipuláveis. É fácil invadi-los e dominá-los.

— Sozinho você provocou tanto estrago. Incrível! De fato, Merlin, o maior dos magos. Mas não acho esse povo tão fraco e manipulável. Eu tenho, inclusive, certa admiração por eles. São fortes, espontâneos e aguerridos. E eles ainda têm boitatás.

— Nós temos dragões! — Merlin olhou no fundo dos olhos da elfa: — Cuidado com toda essa admiração! Você se infiltrou aqui por muito tempo e está criando um apego perigoso. Eles são nossos inimigos. Invadiremos esse mundo em nossa expansão, e ficaremos com suas riquezas. Não crie pena por eles!

— Eu cumprirei minha função.

— Sim. Você está indo muito bem em sua infiltração. Mantenha-se assim até o momento da grande invasão. Nunca se esqueça da sua missão.

— Entendido. Irei resolver outras questões. Até mais, Merlin. Foi um prazer conhecê-lo pessoalmente.

— Até.

A elfa saiu da caverna e observou o horizonte verde de árvores iluminadas pelo sol. Apesar de estar colhendo informações para uma grande invasão àquele mundo, havia se apegado àquele lugar. Sentia-se confusa quanto ao que estava fazendo. Ficou reflexiva enquanto o vento caridoso de Vera Cruz acariciava seu rosto e revoava seu cabelo.

Vera Cruz e seu povo estavam sob ameaça. Invasores queriam dominá-los, agrilhoá-los às suas vontades, acabar com o que ainda os restava de liberdade.

A elfa mirava o horizonte e sentia que aquele lugar deveria ser livre. Era um céu de liberdade, era um sol de liberdade. Talvez esta fosse a última vez que admiraria aquela paisagem.

Olhou o sol da liberdade em raios fúlgidos, brilhando no céu de Vera Cruz naquele instante.

Posfácio

Bom, se você chegou até aqui é porque leu a história toda! Sente-se, vamos beber para comemorar! Esta taverna é ótima, repleta de cachaça de qualidade. Cachaça mineira, sabe? De bons alambiques! Se não bebe cachaça, peço um suco de manga pra você. Tá na época de manga, tem tido em abundância, lá em casa mesmo a mangueira tá abarrotada.

Garçom! Vê uma cachaça pra mim e vê o que elx quiser. Escolhe aí o que você quer beber.

Aqui, espero de verdade que tenha gostado do livro e tenha vontade de ler a continuação. Este é um projeto que trato com muito carinho, pois tive muito entusiasmo e pouca facilidade para executá-lo.

Vou te contar como surgiu toda essa ideia maluca!

Eu sempre tive uma atração imensa pelas coisas brasileiras, em especial no que diz respeito à nossa ficção. Lembro que quando criança eu ficava fascinado com algumas ilustrações de lendas brasileiras na escola. Esse assunto era exposto geralmente no dia do Folclore.

Aquelas imagens de monstros como curupira, mula sem cabeça, saci, boitatá etc. me causavam fascínio quando eram extraídas de bons artistas. Sempre fui muito imagético, bons desenhos me causavam (e causam) admiração com facilidade.

Depois, as lendas brasileiras foram se afastando do meu universo imaginativo, pois em boa parte da minha infância fui envolvido por temas fantásticos internacionais: assistia a desenhos animados americanos e seriados Tokusatsu como Jaspion e Changeman e jogava videogames com jogos em sua maioria japoneses.

Aí, pra completar, a Rede Manchete de televisão começou a exibir Cavaleiros do Zodíaco e uma porção de outras animações japonesas, e fui facilmente envolvido por aquelas ficções.

Nessa mesma época comecei a jogar RPG com meu irmão e meu primo e a jogar/ler aventuras solo da série "aventuras fantásticas", que em sua maioria eram da autoria de Steve Jackson. Posteriormente, passei a ler quadrinhos do Homem de Ferro e do Homem-Aranha. Um fato curioso: meu herói preferido dos quadrinhos era o Vingador Dourado. Ele tinha uma importância no universo da Marvel, mas era no geral um personagem quase B em relação a outros, ao menos naquela época; todos amavam o Homem-Aranha e os X-men, enquanto o pobre Tony andava tão ofuscado. Depois do filme as coisas mudaram, de repente todo mundo virou fã do enlatado.

Hey, mas do que eu estava falando? Não perca o foco, homem! Ah sim! Estava falando das coisas que lia e assistia na infância. Bom, nessa época passei a jogar um RPG de videogames que se chamava Phantasy Star (IV), de cuja série sou muito fã até hoje.

Aliás, ainda sou fã de todas essas criações que citei (apesar de acompanhar poucas delas hoje), e acredito que essas séries construíram um grande imaginário dentro de mim. Agradeço ao mundo por ter tantas mentes brilhantes capazes de criar histórias que me envolveram e me emocionaram tanto, que me fizeram sonhar e ter ideais; mas de certa forma posso afirmar que tive minha imaginação colonizada, pois passei a ter certa aversão aos mitos nacionais, um estranhamento; geralmente associava-os a algo tosco. E cada vez mais fui envolvido por um imaginário exclusivamente estrangeiro. Isso acontece com você também? Já parou pra pensar nisso? Muitas fadas, elfos, dragões e poucos sacis e curupiras! É uma coisa estranha, não é?

Essa cachaça é realmente deliciosa. Acho que só em Paraty tomei uma tão gostosa. Essa é de banana, já tomou? Tá uma delícia! Espero não ficar muito bêbado.

Continuando: ainda assim, eu tinha uma curiosidade pela produção nacional e nessa época comprei muitos RPGs e quadrinhos brasileiros do Marcelo Del Debbio e do Marcelo Cassaro. Absorvi muita coisa desses dois caras, que acho realmente geniais. Desenvolvi um fanatismo por desenhistas brasileiros que ilustravam os quadrinhos do Cassaro ou os RPGs do Del Debbio. Do Cassaro, li as séries em quadrinhos brasileiras UFO Team, parte de Holy Avenger e Lua dos Dragões, e lia a revista Dragão Brasil (que era uma revista especializada em RPGs), que trazia muitas ilustrações legais. Passei a conhecer pelo nome os desenhistas que faziam esses materiais de RPG e quadrinhos, e até hoje posso citar os que mais gostava: Eduardo Francisco, Evandro Gregório (que mais tarde usaria o pseudônimo Greg Tocchinni), Joe Prado, Erica Awano e André Vazzios (que era o meu preferido!).

Conhecia os trabalhos dos desenhistas brasileiros só de ver o traço, enquanto os americanos (eu comprava em um sebo HQs americanas do Homem de Ferro, Vingadores e HQs da Image como WildCats), em sua maioria, eu não sabia e nem fazia questão de saber quem estava desenhando. Era uma obsessão doida conhecer o artista nacional, um patriotismo que carregava em mim que não sei ao certo de onde veio.

Por essa época também passei a comprar uma revista chamada Mangá Brasil e uma chamada Anime Nation, ambas da Kingdon Comics (apesar do nome, era uma editora brasileira). Lembro que eu era fissurado pela arte de um cara chamado Rogério Hanata. Ele fazia uns desenhos com uma pintura que acho que era lápis de cor, e ficava genial!

Posso afirmar que os desenhistas brasileiros sempre foram meus prediletos e isso continua até hoje.

Gostava muito das produções brasileiras que encontrava em bancas, mas incrivelmente nenhuma delas trazia histórias com temas brasileiros ou ambientação que se passasse no Brasil. Então, só quando comprei uma revista chamada Impacto, tive contato com a Velta, uma personagem brasileira de Emir Ribeiro cuja história se passava no Brasil mesmo. E foi a partir dela que comecei a pesquisar mais produções brasileiras e de fato "abrasileiradas".

Pesquisando e observando os leitores e consumidores, concluí que nosso imaginário fantástico não manteve uma relação de intercâmbio cultural, em um movimento de troca mútua de cultura com outros países. Ele foi simplesmente colonizado! Nada de teoria da conspiração, amigx, não acho que foi um movimento planejado, bastou um descuido de nossa parte e uma indústria exterior muito a fim de ganhar dinheiro.

Veja bem, não quero criar um movimento de arte xenofóbico. Você pode desistir da cachaça e pedir uma vodka se preferir, isso não vai te fazer russo, amigx. Acho que a arte não tem fronteiras, e não devemos nos prender a um imaginário somente brasileiro. Leio livros estrangeiros, vejo filmes estrangeiros, ouço músicas estrangeiras, leio quadrinhos estrangeiros (mais europeus, mas leio HQs estadunidenses também, não de supers, porque esse "mata e ressuscita" de heróis foi ficando insuportável pra mim, mas coisas como Y o Último Homem, Fábulas e Ex Machina são bem-vindas) e eu mesmo tenho vontade de escrever histórias sobre a Grécia antiga, por exemplo. Mas o que me incomoda é como está pouco preservada nossa cultura.

Eu posso ter todo esse contato com a arte vinda de fora, mas nunca deixei de consumir o que é produzido aqui, e não é por pena não! É por reconhecer a qualidade! O Brasil tem muitas produções realmente boas em todas as áreas, mas que pela força dos mercados acabam marginalizadas.

Sabe, a globalização artística e cultural, para mim, é uma coisa muito boa, o mundo deve cada vez mais se unir, mas tinha que ser em forma de troca, e não uma invasão de mão única como acontece no Brasil. Mas esse tema é complexo. Isso fica para uma outra discussão, ok? (E vale mesmo debater sobre isso! Mas em outra oportunidade.)

Garçom! Me vê mais uma dose, por favor! E uma para x amigx que acabou de ler o meu livro. Ou um suco de manga. Elx que sabe. Afinal, o que você quer beber agora? Pede que o garçom vai trazer na minha conta.

Voltando. O fato é que, não sei por quais motivos, temos um problema sério em aceitar nossos mitos e cenários como uma possibilidade boa de explorar uma história de gênero (fantasia, policial, ficção científica, super-heróis, aventura etc.). Sei que muitos artistas tentam isso, e alguns são bem-sucedidos, mas são raros. Não sei ao certo onde está o problema, mas sei que ele existe; e eu passei a ter uma vontade imensa de romper com essa tendência tola que temos de fugir dos temas nacionais nesse tipo de história (as fantásticas).

Então eu quis criar uma história que dialogasse bem com o nosso público atual, mas a partir dos mitos brasileiros e com ambientação situada no Brasil. Nasceu assim um projeto de quadrinhos que eu batizei de "FOLC" (que seria a abreviação de Folclore). Seria a história de espíritos (baseados em lendas brasileiras) que iriam incorporar em humanos do mundo real (todos jovens), e lhes dariam poderes e influenciariam suas personalidades quando eles usassem suas habilidades especiais. Um dos personagens, por exemplo, teria o espírito de um boto e passaria a "pegar" todas as meninas do seu colégio, a com espírito de iara faria o contrário ("pegaria" homens, no caso), outro teria o saci e passaria a fazer traquinices nessa mesma escola etc.. Eles seriam um grupo de super-heróis jovens com poderes baseados nos mitos brasileiros. Engavetei o projeto porque não conseguia avançar nas ideias e também não tinha um desenhista para executá-lo. Mas a vontade de trabalhar com o tema continuou dentro de mim.

Anos depois, interessado no gênero steampunk, eu quis fazer um livro com essa temática, mas que se passasse no Brasil, e por sugestão do meu irmão Leonardo seria na belle époque brasileira. Quando contei a ideia para outro irmão, o Edson, ele prontamente me disse pra usar a tecnologia de Santos Dumont. Fiquei com o projeto na cabeça.

Um tempo depois descobri o Padre Landell de Moura, o inventor brasileiro do rádio. Achava-o injustiçado pela falta de reconhecimento e passei a pesquisar sobre ele e querer fazer um projeto narrando sua vida. À medida que fui pesquisando sobre aquele gênio, encontrei outros inventores brasileiros e descobri que todos eram, de certa maneira, injustiçados.

Com exceção do Santos Dumont, nenhum outro inventor brasileiro é muito mencionado. Aquilo me irritou bastante. Temos uma infinidade de gênios esquecidos e uma falta de identidade nacional imensa.

Vi que não poderia fazer algo somente sobre o Landell, seria uma injustiça com os outros esquecidos. Decidi que tinha que fazer algo sobre várias personalidades singulares que o Brasil teve, e que precisava agregar momentos históricos marcantes a esse projeto.

Foi aí que me veio a ideia de Vera Cruz, unindo todas as vontades que tinha: um steampunk, algo que usasse a mitologia brasileira, e uma mistura de fatos e personalidades históricas. Nascia ali meu livro.

Comecei a escrevê-lo em 2011 e terminei em 2018. Escrevi duas versões completas dele que descartei e, antes desta versão que você leu, iniciei mais três tentativas diferentes que também descartei. Ou seja, esta é minha sexta tentativa com esse livro.

Foi muito difícil moldar um mundo coerente com tantos acontecimentos anacrônicos na mesma história. Temos o Padre Bartolomeu de Gusmão do século XVII, e Dimitri Sansaud e Santos Dumont, que são dos séculos XIX/XX, por exemplo. Era difícil montar um universo que fluísse naturalmente com essas lacunas temporais. Outra dificuldade era a retratação indígena. O universo indígena brasileiro é incrivelmente rico e profundo, são infinidades de tribos, todas com características e costumes diferentes. Isso é bem distinto do que pensam quando colocam todas as mais de mil tribos brasileiras em um único saco, como se fosse uma coisa só.

Tentei manter algo com certa coerência e respeito. Acabei utilizando o povo Tembé como base e misturando com crenças de outros povos. Espero não ter desrespeitado esse povo valente (os tembés) e peço a todos que se interessaram pelo lado indígena da história que pesquisem esse infinito de povos que temos ou tivemos: tembés, tamoios, puris, temininós, camacãs, guaranis, ticunas, caingangues, macuxis, terenas, guajajaras, xavantes, pataxós, ianomâmis, potiguaras etc. (lembrando que cada um deles tem suas peculiaridades e um incrível universo a ser explorado, vejam quantas possibilidades!).

Além desses obstáculos para criar o livro, eu tenho uma dificuldade grande em escrever histórias de fantasia (ou "maravilhoso", na definição de Todorov). Tenho mais facilidade em temas de suspense, ou fantástico no sentido de "fantástico e estranho" (dentro das definições de Todorov).

Essa dificuldade de escrever o gênero, a necessidade de uma pesquisa extensa e os desafios de fazer com que um universo tão complexo soasse natural dentro de uma literatura de fantasia fizeram com que eu criasse um apego imenso por este livro, pois acredito que superei esses obstáculos e consegui iniciar meu mundo maravilhoso: Vera Cruz!

Talvez no futuro eu faça livros muito mais interessantes, mas esta, com certeza, sempre será uma obra que vou guardar no meu coração pela superação.

Obrigado por ter lido e feito parte de tudo isso, amigx.

Termino minhas palavras com um discurso do cineasta brasileiro Glauber Rocha, pera aí que vou ler. Eu tenho esse discurso anotado em algum lugar. Ah! Aqui! Achei!

"Não pensemos no exterior, pensemos no Brasil, voltemos para dentro do Brasil, dentro dos nossos rios, das florestas do grande Brasil, onde vive um povo pobre, liquidado, doente, que precisa realmente de ser resgatado. Então vamos acabar com essa disputa pelo poder e ver as coisas básicas: saúde, escola, hospital; o normal.

Tenhamos um pouco de amor pelo povo!

Por isso que eu não gosto dos líderes burgueses, porque eles ficam num papo furado e disputam o poder. Nada de autoritarismo! Ninguém tem o direito de falar em nome do povo. A revolução soviética já era... a revolução francesa... o eurocomunismo... Adeus, Europa! Vamos descobrir a feijoada, o carnaval, o frevo, as coisas nacionais. Existe o Brasil.

Os brasilianistas estrangeiros (os brasileiros que ficam falando mal do Brasil), esses estão superados pela história. Nós somos negros, mulatos, índios; nós somos um povo de nordestinos, a nossa cultura é a macumba, não a ópera, de forma que vamos lá. Vamos descobrir o Brasil."

Garçom, traz a conta!

Guia dos personagens e referências históricas

Para escrever Vera Cruz realizei muitas pesquisas no intuito de estruturar cenários, personagens e cenas. Segue um pouco das características dos personagens que criei e as inspirações históricas baseadas em lendas ou personalidades brasileiras. Levem em consideração que essas pesquisas foram feitas para que eu compusesse o livro e para elucidar um pouco das questões históricas que estou exibindo aqui, mas eu não sou um historiador, então caso se interessem em estudar com mais afinco os assuntos apresentados, busquem as referências aqui incluídas e procurem também outros livros, preferencialmente os escritos por historiadores e folcloristas.

Malazarte:

Pedro Malazarte é o maior ladrão de Vera Cruz, perseguido por praticamente todas as nações. Ele tem sua fama coroada por um gorro vermelho que usa. Conta-se que ele roubou o gorro de um saci, um feito praticamente impossível.

Inspiração:

Malazarte é inspirado em uma lenda do folclore brasileiro que conta a história de um personagem honônimo que é ladino e picareta e sempre dá um jeitinho para tirar proveito das situações.

Referências:

Livros:

FRANCHINI, Ademilson S.. *As 100 melhores lendas do folclore brasileiro*. Porto Alegre: LP&M, 2011.

Filmes

AS AVENTURAS DE PEDRO MALASARTES. Direção: Amácio Mazzaropi, 1960, 90 min.

Zaila:

Zaila é a princesa de Ouro Preto, filha de Chico-Rei. Porta o Koieré, o machado vivo da tribo indígena Krahós. Certa vez, a filha do cacique dos krahós ficou muito doente, e o pajé tentou curá-la, mas não obteve sucesso. O cacique passou a procurar por quem a curasse em outras tribos, mas não encontrou quem buscava. Ainda em suas tentativas, ele foi a Ouro Preto e pediu para que o feiticeiro Mestre Lisboa tentasse. O mago conseguiu espantar a doença que assolava a pobre menina. Como agradecimento, o cacique deu para o Mestre Lisboa o bem mais valioso de sua tribo, o Koieré. O feiticeiro, por sua vez, decidiu presentear a princesa Zaila com aquela poderosa arma.

Inspiração:

Zaila pertence ao universo da lenda do Chico-Rei, mas ela não é uma personagem preexistente. Desenvolvi-a pensando nas mulheres guerreiras dos quilombos, como Dandara (mulher de Zumbi dos Palmares) e Aqualtune (avó de Zumbi dos Palmares) e Teresa de Benguela. O Koieré é uma lenda dos indígenas krahós que conta a história de um machado cantante.

Referências:

ARRAES, Jarid. *Heroínas Negras Brasileiras em 15 cordéis*. São Paulo: Pólen, 2017.

FRANCHINI, Ademilson S.. *As 100 melhores lendas do folclore brasileiro*. Porto Alegre: LP&M, 2011.

Urutau:

Urutau é um indígena da tribo Tembé. É uma pessoa excêntrica, gosta de beber cauim, criar pinturas corporais e dançar. É um exímio arqueiro.

Um ancestral de Urutau enfrentou um demônio chamado Azã, que tinha absorvido a noite e todos os espíritos noturnos e aprisionado-os em um pote. Incomodados com os dias infinitos, diversos índios se uniram para combater o demônio e libertar a noite. Com a ajuda do arco mágico de Jaci, o índio ancestral de Urutau disparou contra o pote de Azã, libertando a noite e os seus espíritos. Na explosão do pote, um dos espíritos da noite se alojou no corpo do índio. Azã rogou uma maldição determinando que por gerações aquele espírito se alojasse nos corpos dos descendentes do indígena.

Inspiração:

Urutau é inspirado numa lenda da tribo dos tembés, sobre a origem do pássaro urutau. A lenda é parecida com a história contada (sobre os potes de Azã), mas na lenda o índio torna-se um pássaro para sempre, e não um homem-ave. Além da tribo dos tembés, inseri o caium, que é uma bebida típica dos tupinambás.

Referências:

Livros:

FRANCHINI, Ademilson S.. *As 100 melhores lendas do folclore brasileiro.* Porto Alegre: LP&M, 2011.

CASCUDO, Luís da Câmara. *Dicionário do Folclore Brasileiro.* São Paulo: Global, 2002.

LÉRY, Jean de. *Viagem à terra do Brasil.* Belo Horizonte: Ed. Itatiaia; São Paulo: Ed. da Universidade de São Paulo, 1980. 311p.

Teses:

PAIXÃO, Antônio Jorge Paraense da. *Interculturalidade e Política na Educação Escolar Indígena na Aldeia Teko Haw — Pará.* Rio de Janeiro: Tese de Doutorado — Programa de Pós-Graduação em Educação da PUC-Rio, 2010.

Vídeos:

JORNAL DO SBT PARÁ. Disponível em: <https://www.youtube.com/watch?v=Fl-teNx1GYlc >. Acesso em 4 fev. 2015.

Padres inventores:

Padre Francisco de Azevedo é o pai de criação de Malazarte, ele é o criador da máquina datilográfica em Vera Cruz, além de ter criado um veículo terrestre movido pela força do vento, o *Datilógrafo*.

Padre Landell é padre inventor do rádio comunicador em Vera Cruz.

Por último, o Padre Bartolomeu de Gusmão é um padre inventor de um dos mais incríveis veículos aéreos de Vera Cruz, o *Passarola*.

Inspiração:

Os padres do livro são inspirados em padres reais que foram grandes inventores brasileiros, mas no entanto caíram no esquecimento. Na vida real eles são de épocas distintas e não tiveram contato um com o outro. Segue a descrição histórica dos padres na vida real:

O **Padre João Francisco de Azevedo** foi um paraibano inventor, considerado um dos pais mundiais da máquina de escrever. Foi o criador de uma máquina datilográfica em 1861, ganhando do imperador D. Pedro II a medalha de ouro na exposição agrícola e industrial de Pernambuco. Com a premiação, a máquina seria a representante brasileira em uma exposição mundial em Londres, mas acabou não sendo o invento enviado para representar o Brasil.

O seu biógrafo, Ataliba Nogueira, tem uma teoria de que o invento do padre Francisco foi plagiado pelo estadunidense Christopher Latham Sholes, que foi o pai da máquina de escrever mais conhecida, já que ele fez uma produção industrial dela e inseriu o estilo "QWERTY" de organização das letras (estilo que até hoje utilizamos em nossos teclados de computador e de celular).

A teoria de Ataliba se baseia no fato de um agente de negócios dos EUA, que estava no Brasil, ter convencido o padre a ceder seu invento para que ele tentasse arranjar apoio nos EUA. O agente de negócios teria então viajado para o Estados Unidos levando a máquina e os desenhos de sua construção. Pouco tempo depois, Christopher Latham Sholes lançou uma máquina de escrever muito semelhante à do padre Azevedo; semelhantes inclusive nos erros, pois ambas tinham um pedal que depois foi retirado por ser visto como um equipamento desnecessário.

Além da máquina datilográfica, Francisco criou também um veículo terrestre movido à força do ar, mas pouco se sabe sobre essa invenção. Não restaram fotos nem patentes, infelizmente.

O **Padre Roberto Landell de Moura** foi um padre gaúcho inventor mundial da radiofonia. A primeira transmissão da voz humana por dispositivo sem fio foi feita por ele.

Iniciou seus experimentos em 1892, mas em 1899 teve o registro na imprensa (Jornal Estado de São Paulo) de seu feito, quando fez uma transmissão da voz humana em Campinas. Depois fez outras demonstrações de seu invento, que também foram noticiadas em jornais.

Em 1901 registrou a patente brasileira do invento e, em 1904, a patente estadunidense. Sofreu com o descaso e com superstições. Quando esteve em Campinas, teve sua moradia invadida e seus inventos destruídos por pessoas que acreditavam que aquilo era obra de feitiçaria e de pacto com o diabo. Quando requisitou ajuda do Império para investir no seu invento, o padre Landell se empolgou em suas descrições e disse que no futuro seria possível falar até mesmo fora do planeta com o uso da transmissão de voz sem fio. Bom, ele acertou, hoje em dia sondas e satélites espaciais se comunicam por rádio, mas naquela época a afirmação o deixou sem credibilidade. Um dos efeitos possíveis disso é que ele não teve apoio do governo brasileiro quando pediu dois navios para demonstrar a comunicação entre um navio e outro com seu equipamento. O italiano Guglielmo Marconi (um dos pais do rádio, mas que não teve seu pioneirismo no feito da radiofonia) quando pediu ao governo italiano navios para seus testes, teve uma esquadra inteira colocada à sua disposição.

O rádio se popularizou com Marconi e chegou ao mundo inteiro. Padre Landell morreu sem o devido reconhecimento e até hoje é um gênio esquecido.

Além do rádio, Landell possuía protótipos de TV e de controle remoto, e não se sabe se ele chegou a criar tais objetos. Além disso, ele foi o precursor da fibra óptica, por utilizar a luz como transporte de informação no seu invento do rádio. Ele é também o descobridor da bioeletrografia (efeito Kirlian), que é um processo fotográfico no qual é possível registrar a aura das pessoas (de acordo com místicos e/ou espiritualistas) ou a ionização de gases que envolvem todos os objetos. De acordo com alguns cientistas, a bioeletrografia pode auxiliar em diagnósticos de algumas doenças. Apenas uma bioeletrografia de um dedo poderia indicar a presença de infecções, inflamações, patologias psiquiátricas/psicológicas etc.. No Brasil um estudo nesse sentido é realizado pelo *Núcleo de Estudos e Pesquisas — NEP Landell de Moura* (http://www.auralandell.com.br/).

"Em 1999 a técnica foi reconhecida pelo Ministério da Saúde da Federação Russa e, em 2000, pela Academia de Ciências da Rússia, sendo recomendado o seu uso nas instituições de saúde daquele país como um instrumento científico auxiliar de diagnóstico, recomendado para uso na prática médica." (Wikipédia: http://pt.wikipedia.org/wiki/Fotografia_Kirlian acessado em 05/02/2015)

Padre Bartolomeu de Gusmão foi um padre de Santos na época do Brasil colônia. Ele foi o criador do primeiro aeróstato no ocidente, que foi chamado de Passarola. O invento foi demonstrado na corte portuguesa em 1709. Era um pequeno balão como os balões de festas juninas. Apesar de não poder carregar um ser humano nem ser controlado (voava de acordo com o vento), o balão do padre Bartolomeu era o primeiro no mundo ocidental. O voo era um sonho humano havia anos (vide a lenda de Ícaro), mas as tentativas em geral eram cópias da natureza com usos de asas, e todas mal sucedidas. Já Bartolomeu foi capaz de ir por outro caminho: o mais leve que o ar. E em seu pedido de patente da época ele descreveu tudo que aquele invento faria quando desenvolvido: observaria tropas inimigas em guerras, seria um transporte extremamente rápido que ligaria os países a suas colônias com maior facilidade, serviria para o transporte humano e de mercadorias etc.. Tudo que ele previu de fato aconteceu em relação aos balões e à dirigibilidade aérea.

Um desenho de um amigo dele foi espalhado com uma imagem totalmente fantasiosa da passarola. No desenho, o balão transportava um homem e tinha forma de um pássaro. A ilustração se espalhou pela Europa e muito foi falado sobre a invenção, que inspirou posteriormente os inventos de veículos voadores.

Por anos Bartolomeu foi creditado como o criador do aeróstato, mas depois pesquisas revelaram que pequenos balões como aquele que o padre havia feito já existiam na China. A descoberta, contudo, não retira todo o mérito desse gênio ímpar, tampouco sua importância para o mundo ocidental.

No fim de sua vida, o padre Bartolomeu teve um caso amoroso com uma freira que era também amante do rei de Portugal. O rei era bastante amigo de Bartolomeu, mas nesse momento ocorreu um recrudescimento da inquisição portuguesa, que acabou por persegui-lo. Então Bartolomeu fugiu para a Espanha, onde adoeceu. Em seus últimos anos proferiu coisas possivelmente delirantes; afirmou ter se convertido ao judaísmo pos conta própria e gabou-se de que como criador da máquina voadora ajudaria os judeus a dominar o mundo.

Referências:

Livros:

Padre Francisco João de Azevedo

MILIANO, Miguel. *Biografias de Homens Célebres: Vidas de homens ilustres brasileiros*. Volume 18. Rio de Janeiro: Editora das Américas, 1956.

Padre Roberto Landell de Moura

ALMEIDA, Hamilton. *Padre Landell de Moura: Um Herói sem Glória*. Rio de Janeiro: Editora Record, 2006.

ABATTE, Vânia Maria. *Confissões de um Padre Cientista*: *Pe. Roberto Landell de Moura*. Porto Alegre: Edição do autor, 2004.

Vídeos

Padre Bartolomeu de Gusmão

PROGRAMA DE LÁ PRA CÁ, TV Brasil, 2 nov. 2009. Direção: Carolina Sá. (Participaram do programa: Henrique Lins de Barros, Alberto Dines, Laurete Godoy , Paulo Gonzales, João Inácio, Rosana Lanzelloti; o programa foi apresentado por Ancelmo Gois e Vera Barroso.) 2009. 30min.

Oiti e Yataí:

Oiti é o príncipe curupira enquanto Yataí é a princesa mutucu.

Inspiração:

Fiz Oiti pensando em uma das minhas lendas preferidas do folclore brasileiro: a dos curupiras. Eles são criaturas que possuem os pés virados para trás e protegem as matas. Pensei em criar uma raça incrível para o universo a partir deles, e decidi também lhes dar rivais, que seriam os mutucus (que também existem no folclore brasileiro, possuem os pés virados para trás e foram descrito por Câmara Cascudo como entidades malévolas que habitam as florestas).

O habitat dos curupiras foi inspirado no pau-brasil, árvore da qual derivou-se o nome "Brasil". O habitat dos mutucus foi inspirado na lenda da vitória-régia, do norte brasileiro, que conta a história de uma indígena que era apaixonada pela lua e, um dia, vendo-a refletida nas águas de um rio, lançou-se nele e se afogou. A deusa da Lua, com pena, reviveu-a, transformando-a na vitória-régia.

O nome do príncipe dos curupiras é inspirado na árvore brasileira "Oiti", enquanto da mutucu é inspirado em uma espécie de palmeira brasileira de nome "Butia Yatay".

Júlio César Ribeiro:

Júlio César é um engenheiro aeronáutico de Vera Cruz. Ele recebeu apoio do governo imperial para seus inventos e, com a ditadura, passou a ser ignorado. Como agradecimento pela ajuda que recebeu do Império, ele auxilia Isabel em sua jornada como princesa deposta.

Inspiração:

Júlio César foi um paraense que se destacou pela invenção da dirigibilidade aérea. Foi patrocinado pelo governo (Instituto Politécnico do Rio de Janeiro e pela província do Pará) a aprofundar suas pesquisas e pôr seu projeto em prática na França, onde os estudos sobre balões eram mais intensos.

Na França, usando o princípio da dissimetria dos corpos que voam (ele se inspirou no formato do corpo dos pássaros), Júlio César fez um pequeno dirigível não tripulado (com dez metros de comprimento por dois metros de diâmetro), o Le Victoria (homenagem a sua mulher, Victoria), e conseguiu controlá-lo em pleno voo, com movimentos para a frente e de recuo. Patenteou o invento em dez países.

Júlio César, que não tinha tanto patrocínio quanto precisava para lograr em seus inventos, dava palestras na Sociedade Francesa de Navegação Aérea explicando seus princípios de dirigibilidade e apresentando seus projetos, a fim de conseguir apoio mais consistente para concretizar seu invento.

De volta ao Brasil, produziu o Santa Maria de Belém, que seria seu dirigível grande e tripulável. Sem um especialista no Brasil, Júlio César tentou produzir por conta própria 3,5 milhões de litros de hidrogênio em Belém do Pará em 1884, contando com a ajuda de pessoas não especializadas. Como é de se prever nos dias de hoje, era uma tarefa praticamente impossível. O processo falhou e o Santa Maria de Belém foi danificado com o enchimento errado. O projeto fracassou. Como era apoiado pelo governo imperial, a imprensa carioca (revista Ilustrada), que ascendia em um movimento republicano, transformou o incidente em motivo de chacota, trazendo descrédito para o inventor.

Pouco tempo depois, dois capitães franceses, Charles Renard e Arthur Constantin Krebs, deram a volta em um circuito fechado a bordo do balão La France, e foram reconhecidos como os pais do dirigível. Entretanto, com o tempo, após observar o projeto dos franceses, Júlio Cesar viu que o projeto deles havia bebido muito das suas palestras na Sociedade Francesa de Navegação Aérea.

Júlio César usou de suas patentes e de jornais no Brasil, França e Inglaterra, além de mandar o protesto diretamente para a Sociedade Francesa de Navegação Aérea. Em todos esses veículos de comunicação Júlio César acusava os franceses de plágio e pediu uma conferência com a participação dele e de Charles Renard e Arthur Constantin Krebs, para que ele pudesse terminar de desmascará-los em um debate.

Os franceses jamais responderam à acusação de plágio, o que os coloca historicamente assumindo a culpa com esse silêncio sem motivo.

É certo que os franceses tiveram os méritos deles, nem tudo era plagiado do projeto de Júlio César, e a execução foi deles; o tipo de motor e propulsão não era idêntico ao de Júlio César, mas seria mais digno se assumissem que usaram da propriedade intelectual do brasileiro para fazer seus dirigíveis, já que características primordiais vinham do projeto de Júlio César.

As semelhanças do balão francês vão desde as dimensões muito próximas às do Santa Maria de Belém (inclusive o mesmo comprimento) até a forma dissimétrica, que era o grande legado de Júlio César .

Apesar da assimetria em balões não ser de fato uma invenção de Júlio César, a maioria dos balões famosos até aquela época eram simétricos. A dissimetria não era uma tendência. Os poucos que o fizeram antes não a justificam como um princípio da dirigibilidade, provavelmente pensavam apenas no lado estético.

Júlio César ofereceu a explicação da dissimetria (baseada no princípio da aerodinâmica) e mais tarde Santos Dumont, que foi o principal nome da dirigibilidade aérea mundial, logrou resultados mais exuberantes quando optou por balões dissimétricos, provando que Júlio César usava realmente princípios revolucionários.

Referências:

Livros:

MEDINA DO AMARAL, Fernando. *Júlio Cesar: O Verdadeiro arquiteto da aeronáutica*. Edição do autor, 1989.

CRISPINO, Luís Carlos Bassalo; MEDINA DO AMARAL, Fernando. *Júlio Cezar Ribeiro de Souza: Memórias sobre a navegação aérea*, Memórias especiais II. Belém: Editora UFPA, 2003.

Vídeos:

PROGRAMA SEMENTES, TV Cultura do Pará. Reportagem de: Cláudia Saldanha. Imagens: Hélio Furtado e Samuel Rodrigues. Disponível em: < https://www.youtube.com/watch?v=70-rKCX84rM > Acesso em 04 fev. 2015.

Chico-Rei:

Chico-Rei III foi o líder do reino de Ouro Preto. O primeiro Chico-Rei foi um ex-escravo que fugiu em uma rebelião e montou a mina da Encardideira. Ele conseguiu fazer com que a mina prosperasse explorando ouro-preto. Com os recursos, construiu o reino de Ouro Preto. Aos poucos, diversos escravos se refugiaram lá, e isso provocou a ira das nações escravistas, que iniciaram as incursões de Lisarb e Nova Holanda para destruir Ouro Preto.

Inspiração:

Chico-Rei não existiu realmente. Trata-se de uma lenda mineira de um escravo vindo do Congo que conseguiu comprar sua alforria e prosperar com uma mina, comprando a alforria dos seus amigos e tornando-se rei em Ouro Preto. O Congado é uma festa folclórica brasileira, que coroa um rei do Congo em suas representações. Em Minas Gerais esse rei chama-se Chico-Rei.

Referências:

Livros:

ANÍSIO, Pedro; COLONNESE, Eugênio. *A libertação dos escravos em quadrinhos*. Rio de Janeiro: Editora Brasil-América, 1970.

Filmes:

CHICO-REI. Direção: Walter Lima Jr. 1985. 115 min.

Castilho:

Ele é um cavaleiro nobre pertencente à família Castilho, uma família aliada aos Bragança (a família imperial). Seus membros são conhecidos como Capas Pretas desde que Maria Francisca fora mãe de leite de D. Pedro II e, em agradecimento, D. Pedro I deu uma bela capa preta para ela. Maria passou a andar ostentando a peça, razão pela qual foi apelidada de "Maria Capa Preta". Aquela não se tratava de uma peça qualquer, mas de uma capa feita com o couro de uma criatura mágica conhecida como Boiuna. Castilho é o atual herdeiro da capa.

Inspiração:

Castilho é uma homenagem à minha família: Castilho; que herdou a história de Maria Capa Preta. Decidi usar esse artifício da amizade entre as duas famílias (Bragança e Castilho) e a capa, dando um toque fantástico a ela, utilizando o mito indígena da Boiuna.

Referências:

CASTILHO, Hercília. *A saga da família Castilho*. Edição do autor, 1987.

FRANCHINI, Ademilson S.. *As 100 melhores lendas do folclore brasileiro*. Porto Alegre: LP&M, 2011.

Isabel:

Isabel é a ex-princesa de Lisarb, caçada implacavelmente pela ditadura que se instaurou naquele país.

Inspiração:

Isabel foi inspirada na nossa princesa imperial, figura conhecidíssima e muito cultuada (e atualmente até mesmo contestada), conhecida como *a Redentora,* por ter abolido a escravatura no Brasil. Não irei me alongar sobre essa figura emblemática de nossa história, pois todos certamente já ouviram muito a seu respeito. Isabel, em uma de suas regências, aboliu a escravidão, o que foi a gota d'água para parte da elite da época, que se incomodou com a decisão e se organizou para depor a monarquia por meio de um golpe militar.

A princesa fazia campanhas para arrecadação de fundos para comprar a alforriar escravos, além de ajudar a manter o quilombo do Leblon, uma chácara que acolhia escravos fugitivos. É atribuída a ela a frase "mil tronos eu tivesse, mil tronos eu daria para libertar os escravos do Brasil", em resposta a uma provocação recebida pelo senador João Maurício Wanderley, Barão de Cotejipe, na qual ele disse: "A senhora acabou de redimir uma raça e perder o trono". De fato, a monarquia caiu no ano seguinte.

Referências:

Livro:

COSTA, Marcos. *O reino que não era deste mundo: Crônica de uma República Não Proclamada.* Rio de Janeiro: Editora Valentina, 2015.

Revistas:

Revista Nossa História Ano 3 / nº 31. Rio de Janeiro: Editora Vera Cruz, 2006.

Sites:

Negro Livre: <http://negrolivre.blogspot.com.br/2011/11/o-lado-rebelde-da-princesa-isabel.html>. Acesso em: 15 ago. 2018.

Kaput:

Kaput é o general e líder máximo da ditadura de Lisarb. Um homem frio e calculista do tipo que segue a expressão "os fins justificam os meios". Mas no íntimo ele possui uma humanidade que evita a todo custo que aflore.

Inspiração:

O nome Kaput significa "cabeça" em latim e é usado para se referir à parte mais alta, principal de algo, um termo muito usado em textos jurídicos. O general Kaput foi pensado para ser um líder cego pela sede de poder, um estadista de ideologia maquiavélica. Ele é obcecado por "ordem e progresso", um ideal positivista criado pelo filósofo francês Augusto Comte, que ficou escrito na bandeira brasileira e tornou-se alicerce ideológico da ditadura militar ao fim da monarquia no Brasil.

É interessante notar que o ideal de Comte possivelmente foi deturpado pelos militares, pois o lema na bandeira não refletia exatamente os pensamentos do filósofo, que foi revolucionário na área da sociologia em sua época. O lema de Comte era "O Amor por princípio e a Ordem por base; o Progresso por fim", ou seja, na leitura que colocamos para nosso símbolo nacional, retiramos o "amor".

O governo brasileiro se utilizou desse ideal para censurar e oprimir todos os que discordavam do governo numa época conhecida como república das espadas. Mais tarde, ainda na república velha, seguindo ideais positivistas, os republicanos atacaram e destruíram covardemente o arraial de Canudos.

A "República" (ditadura a princípio) se instaurou no Brasil ao derrubar a monarquia com o apoio da elite cafeicultora, que se sentiu insatisfeita com o fim da escravidão. Entretanto, o movimento republicano no Brasil era mais justo e antigo do que aquele que ascendeu ao poder. Antes da Proclamação da República, já tínhamos movimentos separatistas com vontades republicanas, como o dos Farroupilhos, por exemplo.

Grandes e bem-intencionados intelectuais, como Ângelo Agostini, eram republicanos também. A ideia de um poder hereditário, que, dependendo de quem fosse o herdeiro do trono, podia ser caótico, era uma ideia arcaica e que mais parecia uma roleta russa: a qualquer momento um descendente poderia ser um péssimo imperador.

Apesar da monarquia não ter sido alvo do desgosto popular na época, o golpe republicano foi realizado. Infelizmente, o real movimento republicano foi afastado e uma ditadura instaurada. A república era uma ideia que parecia boa, pois acompanhava os movimentos políticos mais lógicos e contemporâneos do mundo, mas foi deturpada quando foi pavimentada pela elite que anteriormente era escravocrata.

O nome Kaput significa "Cabeça" em latim e é usado para se referir à parte mais alta, principal de algo. Muito usado em textos jurídicos.

NARCISO•2018

Domingos Jorge Velho

É um bandeirante que trabalha para a ditadura de Lisarb. Ganhou um avançado braço tecnológico depois de ter perdido seu braço real em um combate contra Ouro Preto.

Inspiração:

No mundo real, Domingos Jorge Velho foi um bandeirante que comandou as tropas que destruíram o Quilombo dos Palmares.

Referências:

Sites:

UOL EDUCAÇÃO: < https://educacao.uol.com.br/biografias/domingos-jorge-velho.htm >. Acesso em 18 fev. 2018.

E-BIOGRAFIA. < https://www.ebiografia.com/domingos_jorge_velho/ >. Acesso em 18 fev. 2018.

Filmes:

QUILOMBO. Direção: Cacá Diegues. 1984. 119 min.

Feiticeiros.

São pessoas que movem a magia em Vera Cruz. Eles têm o poder do axé, que é a energia mágica de Vera Cruz.

Inspiração:

Para desenvolver os feiticeiros de Vera Cruz, pensei nas crenças, nos mitos e nas concepções culturais sobre feitiçaria.

Matinta Pereira é um mito brasileiro que seria nossa versão da típica bruxa europeia. A Matinta geralmente é descrita como uma velha que se transforma em pássaro.

As feiticeiras borboletas fiz lembrando de pessoas mais velhas da minha infância que, quando viam uma borboleta grande e de cores escuras, ou mariposa, diziam quer era uma bruxa. Mais tarde vi que essa relação de bruxas e borboletas no Brasil já era comentada em 1550, como retrata o livro "O Diabo e a Terra de Santa Cruz" de Laura de Melo e Souza.

Os destiladores eu fiz imaginando o clima boêmio brasileiro e certa magia em torno disso, além da figura do Velho do Saco, que foi um personagem falado ainda na minha época de infância.

Os carnavais eu fiz pensando na magia do carnaval brasileiro. Utilizei as fantasias de carnaval que eram presentes no meu bairro (Santa Cruz – Rio de Janeiro): a de diabinho (ou diabo), e a de Clóvis.

Os tribalistas eu fiz pensando nos rituais de pajelança.

Quanto aos Afrikos, pensei nos rituais de crenças afrobrasileiras.

E os artistas criei para enaltecer os produtores de arte do Brasil, principalmente lembrando a figura do Aleijadinho de sua primeira biografia (que dizem ser um pouco fantasiosa). Lá, ele é uma personalidade misteriosa, que usa um manto com capuz, e que achei que tem muito a ver com a imagem de um feiticeiro.

Referências:

SOUZA, Laura de Mello e. *O Diabo e a Terra de Santa Cruz*. São Paulo: Companhia das Letras, 1986, pp. 327-28

ANÍSIO, Pedro; COLONNESE, Eugênio. *A libertação dos escravos em quadrinhos*. Rio de Janeiro: Editora Brasil-América, 1970.

FRANCHINI, Ademilson S.. *As 100 melhores lendas do folclore brasileiro*. Porto Alegre: LP&M, 2011.

CASCUDO, Luís da Câmara. *Dicionário do Folclore Brasileiro*. São Paulo: Global, 2002.

Diabo

Diabo é um poderoso feiticeiro da ordem dos Carnavais, que usa uma fantasia de demônio e tornou-se maléfico.

Inspiração:

Fiz esse personagem pensando na relação que o brasileiro tem com a figura do Diabo. Por sermos um povo com alta influência cristã, tendemos a terceirizar diversos de nossos males à figura do demônio, mas por outro lado utilizamos essa imagem de forma satírica em cordéis, em festas a fantasia (em especial no carnaval) e até mesmo em nossa literatura/teatro mais clássico, como o Macário de Alvares de Azevedo.

A imagem estética do personagem (sua máscara) desenvolvi sob a influência das antigas máscaras artesanais de papel machê do bairro de Santa Cruz no Rio de Janeiro. Em especial as produzidas por um antigo artista chamado Nichol Xavier.

Anabanéri.

É a guardiã do mundo dos sonhos e uma sentinela espiritual que observa qualquer possível ameaça externa que Vera Cruz possa ter.

Inspiração:

Anabanéri é inspirada na crença das tribos banivas, que fala de uma moça sem pernas que desce dos céus por um arco-íris e entra no sonho das pessoas, sendo considerada a mãe do sonho.

Referência:

CASCUDO, Luís da Câmara. *Dicionário do Folclore Brasileiro*. São Paulo: Global, 2002.

Relatório de missão

Escrito por Mago Merlin.

Vera Cruz! É assim que os nativos chamam esse estranho e complexo mundo.

A diversidade de recursos naturais do lugar é incrível. Possuem uma enorme diversidade de fauna e flora.

Além da natureza exuberante, é um mundo envolvido por muitas questões mágicas. Aqui chamam as energias mágicas "Axé".

Os humanos se dividem em dez nações grandes e incontáveis tribos de habitantes das florestas.

As dez nações são:

Lisarb

A principal e maior nação desse mundo. É muito tecnológica e atualmente vive sob o comando de militares, liderados por um general chamado Kaput.

Apesar de ser um país muito urbanizado, no seu extenso território existem diversas florestas, além de uma parte, conhecida como sertão, onde o clima seco é predominante e existem perigosos saqueadores conhecidos como cangaceiros.

O principal gênio tecnológico deste país é um homem conhecido como Santos Dumont. Ele é um pacifista que fez máquinas de guerra sob ameaças de que o não cumprimento das ordens por sua parte resultaria na morte de pessoas inocentes e próximas a ele. Há um boato dizendo que ele não aguentou a pressão e suicidou-se, e que atualmente outros engenheiros conduzem os projetos de Lisarb.

Holanda Brasilis

É outra nação extremamente avançada em ciência e projetos de desenvolvimento cultural e artístico. Possuem muita tecnologia de ponta e o maior e mais avançado telescópio de Vera Cruz, de lá é possível visualizar pontos distantes do céu. É governada por um homem chamado Nassau III.

República dos Farroupilhos

É uma república sem muitas tecnologias a vapor, mas que possui uma boa marinha, além de um grupo de guerreiros muito temido conhecido como "lanceiros negros"; soldados de pele negra que lutam com lanças feitas de ouro-preto, o metal mais precioso desse mundo. São incrivelmente corjasoso e eficientes em combate.

Além deles, nessa nação há um corsário chamado Giuseppe Garibaldi, que possui dois navios vivos conhecidos como Farroupilho e Seival. Com esses navios-monstros (que são raças conhecidas como mapúru) ele conseguiu tomar um porto de Lisarb e fundar lá uma república conhecida como República Juliana. Ele age como um herói louco e romântico e atua em companhia de sua grande paixão, Anita.

República Juliana

É uma república aliada da República dos Farroupilhos e muito parecida em suas tecnologias. Farroupilho e Seival, os navio vivos, também ancoram em seu porto e os ajudam em suas batalhas.

Cabanos

É uma nação organizada com homens da floresta e ex-escravos, que se organizaram e tomaram o poder daquela região, que antes obedecia a Lisarb.

Confederação do Equador

Nação liderada por um clérigo conhecido como Frei Caneca.

Sabinada

Uma nação que também luta contra Lisarb. Um homem das leis junto com um médico são seus líderes principais.

França Brasilis

Uma nação forte, que foi destruída em uma sangrenta guerra contra Lisarb. Os homens da floresta participaram da guerra, sendo alguns deles do lado de Lisarb e outros do lado da França Brasilis. Contra ela, Lisarb demonstrou seu poderio militar.

Ouro Preto

É um reino nada tecnológico, mas com muito uso de magia. Governado por Chico-Rei III, é um reino de ex-escravos alforriados ou fugitivos das demais nações. O principal feiticeiro do reino chama-se Mestre Lisboa, um mago muito poderoso.

Monte Belo

Também conhecida como Canudos, essa é uma nação paupérrima governada por Conselheiro, um líder religioso e uma espécie de clérigo que se diz profeta. Lisarb está em guerra contra eles.

Monarquia Celestial

É uma estranha monarquia governada por uma humana de apenas quinze anos de idade.

Além das nações dos humanos, Vera Cruz possui muitas florestas em seus territórios, habitadas por diversas tribos, monstros e criaturas mágicas. Seguem alguns lugares mágicos:

Ivi Marã Ei

É o lar dos antigos deuses que um dia habitaram esse mundo. É uma cidade deserta, que somente é acessível através de um portal que nesse momento encontra-se no fundo de uma lagoa localizada próxima a uma serra conhecida como Serra do Roncador. Os deuses a abandonaram, deixando-a intacta. Alguns humanos desvendaram a gênese do portal que muda de local a cada abertura e deixaram isso registrado em uma manuscrito conhecido como "manuscrito 512", mas esse documento perdeu-se no tempo.

Castelo de Rudá

Castelo de Rudá é um castelo com uma arquitetura repleta de traços marajoaras (antigo povo desse mundo) e que fica em uma ilha flutuante que vagao pelos céus de Vera Cruz, sempre oculta por um conjunto de nuvens. Nessa ilha habitaram os karaibebés, que são homens e mulheres com asas coloridas e semelhantes às das aves que aqui são chamadas de araras. O castelo misterioso possui uma alma e está sem a presença de seu dono, que é o deus Rudá.

Árvore Brasil

Existe uma parte mágica da floresta amazônica, uma imensa floresta desse mundo, onde sempre é dia. Esse lugar é povoado por árvores grandes e, em especial, uma em seu centro, a gigantesca árvore "Brasil", moradia dos curupiras. Ela é oca por dentro, abarcando em seu interior uma verdadeira cidade lá com áreas externas nos galhos.

Pântano da noite

É um imenso pântano mágico, também na floresta amazônica, onde é sempre noite. Lá existem muitas vitórias-régias imensas que servem de moradia aos mutucus.

A Casa Bororé

É um imenso casarão branco erguido no meio da floresta. É o ponto de encontro dos líderes de cada escola de feiticeiros de Vera Cruz, que geralmente ali se reúnem quando existe um assunto urgente a tratar.

Mundo dos sonhos

É um mundo etéreo para onde a alma das pessoas vão durante o sono. Nesse mundo existem demônios chamados pisadeiras, que são entidades que provocam pesadelos nas pessoas. Um antigo deus desse lugar, conhecido como Jurupari, descobriu esse universo e, com o seu poder, domou e liderou as pisadeiras, tornando-se o senhor maior dos pesadelos.

Além dele, há uma entidade fascinante que guarda Vera Cruz a partir de lá (e é ela que devemos temer). Chama-se Anabanéri, a guardiã dos sonhos.

Nações aquáticas

Nos grandes rios de Vera Cruz existem complexos mundos aquáticos habitados por criaturas mágicas conhecidas como botos, iaras, ipupiaras, cablocos d'água, entre outras.

Algumas das raças de Vera Cruz que mais me prenderam a atenção são essas:

Humanos

São iguais aos humanos do nosso mundo. Alguns conseguem desenvolver habilidades especiais através de magia (falarei mais sobre isso no capítulo sobre magia). São detentores da tecnologia a combustão e dos veículos especiais. Suas religiões são iguais às do mundo real. Existem o cristianismo (embora os locais sagrados como Egito, Jesuralém etc. sejam tidos como lugares de um mundo distante), a umbanda e o candomblé, em especial.

Curupiras

São seres mágicos com os pés virados para trás. Possuem estatura média de 1,70 m. Têm orelhas pontudas; seus cabelos são vermelhos ou laranjas e, quando estão usando seus poderes, seus cabelos pegam fogo. Vivem até quinhentos anos.

Habitam em uma das florestas de Vera Cruz. São sábios e, em parte, lembram o povo élfico.

Incomodam-se com a destruição da natureza provocada pelos homens, mas evitam conflitos. Acreditam que estão em Vera Cruz para auxiliar todas as formas de vida, o que inclui os humanos. Eles possuem imensos porcos selvagens de dois metros de altura que lhes servem de montaria.

Mutucus

São seres mágicos semelhantes aos curupiras, mas com a pele totalmente negra, olhos vermelhos e cabelos brancos. Quando usam seus poderes, seus cabelos pegam fogo, mas com chamas azuis. Também vivem até quinhentos anos. Odeiam os humanos em virtude da devastação que provocam na natureza. Quando têm oportunidade, os mutucus atacam os humanos. Suas vontade é destruir a raça humana. Por pensarem diferente dos curupiras, os dois grupos vivem em guerra. Também possuem porcos selvagens de dois metros de altura que lhes servem de montaria.

Karaibebés

São uma espécie de anjos, que habitavam o Castelo de Rudá na ilha flutuante, mas agora se encontram espalhados pelo mundo. Ao invés de penas brancas como anjos, suas penas são coloridas como as das araras.

Existe um grupo deles que se desvirtuaram em seus ideais e tornaram-se seres rodeados pelas trevas, com pele acinzentada e penas cinzas e negras.

Curinqueans, Goyasis e Matuyus

São três tribos indígenas com criaturas diferentes. Os curinqueans são índios de três metros de altura e grandes guerreiros. Os goyasis são índios anãos especialistas em venenos, que usam zarabatanas. Os matuyus são índios de pés virados para trás e cabelos vermelhos, semelhantes aos curupiras, mas que não possuem poderes mágicos; são provavelmente uma raça que surgiu da miscigenação entre humanos e curupiras. Matuyus são especialistas em se esconder nas florestas e também montam porcos selvagens.

Capelobos

São monstros humanoides repletos de pelos e com cabeça tamanduá. Eles são assustadores, capazes de furar o crânio de suas presas com seus focinhos e absorver a massa encefálica de suas vítimas.

Icamiabas

É uma tribo de índias guerreiras, que aceita somente mulheres. Elas são incrivelmente fortes e bem preparadas para os combates, mesmo não sendo criaturas mágicas. São mulheres humanas.

Gorjalas

Vivem em montanhas em pontos altos, reclusos. São gigantes de cinco metros de altura que apreciam comer carne humana, costumam colocar suas presas debaixo dos braços e comer aos poucos. São racionais e falam, mas não possuem nenhum tipo de tecnologia. Estilo ogros. Existe uma lenda que de tempos em tempos é despertado o Gorjala-Mestre um Gorjala gigantesco.

Filhos do pesadelo

São humanos nascidos da linhagem de Jurupari, o deus/demônio dos pesadelos. Eles nascem com uma programação mental que os leva a procurar a borduna de Jurupari para com ela governar o mundo, punindo a raça humana para que ela melhore. No geral parecem humanos normais, apenas possuem uma marca de nascença no braço direito. Podem também entrar no mundo dos sonhos e provocar pesadelos nas pessoas, mas poucos sabem como controlar esse poder. Um filho do pesadelo sente quando outro está perto como um sexto sentido.

A marca no braço é esta:

Zaoris

Humanos que nascem em uma data específica do calendário são especiais. Todo humano que nasce no dia que chamam de Sexta-feira da Paixão tornam-se zaoris. Eles são humanos especiais criados por Nhanderu, o deus supremo, para que protejam os humanos. Têm sempre olhos azuis e podem enxergar até 10 km de distância, sua visão é capaz de ver através de corpos opacos. Também conseguem saber se alguém está mentindo e encontrar criaturas mágicas ocultas. Diz a lenda que nada foge dos olhos de um zaori. Como são protetores dos homens, são incapazes de fazer mal a um humano. Se um zaori mata um humano, ele automaticamente morre também.

Zaoris dos olhos vermelhos

A cada mil zaoris que nascem, um nasce com os olhos vermelhos. Os zaoris de olhos vermelhos existem para proteger os demais zaoris. Possuem os mesmos poderes que os outros, mas com a diferença de que podem matar e ferir humanos. Eles apenas não podem ferir nem matar zaoris. Se um zaori de olhos vermelhos mata um zaori original, ele automaticamente morre.

Botos

São seres aquáticos que geralmente vêm para a superfície em busca de diversão. Dentro d'água são botos-cor-de-rosa, fora dela eles transformam-se em homens belos e sedutores. Costumam usar chapéu (geralmente brancos) dos quais não se desfazem por nada, pois no alto da cabeça eles possuem o buraco da narina, como a dos botos. Por isso, se alguém vir um boto sem chapéu, saberá que se trata de um boto e não de um humano.

Vera Cruz é um mundo complexo e que pode muito bem ser explorado por nós. Apesar de características incríveis, seus habitantes são facilmente manipuláveis, e tornaram-se fáceis presas para nosso poder.

Fim do relatório,

Mago Merlim.

Pequenas referências

Anartia: O nome da feiticeira líder da escola das Borboletas é inspirado em *Anartia amathea,* nome científico de uma das espécies de borboletas mais comuns no Brasil.

Baile da Ilha Fiscal: Inspirado no polêmico e lendário baile imperial (o último antes da queda da monarquia).

Bandeira de Lisarb: A bandeira, que se assemelha com a bandeira dos Estados Unidos, foi inspirada na primeira bandeira republicana brasileira. Na época o Brasil se chamou "Estados Unidos do Brasil", mas a bandeira durou apenas uma semana e foi substituída por nossa bandeira atual.

Barreira do inferno: é o nome de uma base militar potiguar responsável pelo lançamento de foguetes. "O local da base é vizinho ao campo dunar do bairro de Ponta Negra, região denominada Barreira do Inferno por pescadores porque, ao amanhecer, os reflexos do sol tornam as falésias do local vermelhas como fogo." (referência: Wikipédia)

Bottene: Inspirado no "combustível constituição", um combustível à base de álcool de cana de açúcar com 5% de óleo de mamona como aditivo. Esse combustível foi criado por João Bottene, que foi pioneiro do álcool combustível no Brasil. O inventor inclusive adaptou seu veículo Ford para o uso desse combustível, na década de 1920.

Cabanagem: inspirada na revolta separatista de mesmo nome.

Camélia: Foi a flor símbolo dos abolicionistas.

Carbúnculo: De acordo com a lenda, é uma pedra vermelha presa à testa de um lagarto mágico que acompanha um sacristão.

Casa Bororé: é uma lenda gaúcha de uma casa branca erguida na floresta. É uma casa sem portas ou janelas em cujo interior estão guardados tesouros dos jesuítas. Quem protege essa casa é um indígena chamado Bororé.

Confederação do Equador: inspirada no movimento republicano e separatista de mesmo nome.

Demoiselle: inspirado no avião homônimo criado por Santos Dumont.

Dimitri Sensaud: foi um engenheiro franco-brasileiro que realizou o primeiro voo da América Latina com o avião "São Paulo" em 1910.

Farroupilha e Seival: foram dois lanchões construídos por Garibaldi para a República Rio-Grandense em uma das mais incríveis estratégias de guerra da história. Garibaldi atravessou com os dois lanchões por terra, tracionados por centenas de bois, para que pudesse fazer um ataque surpresa invadindo o porto de Laguna, que era controlado pelo governo imperial brasileiro. A estratégia deu certo e a República Rio-Grandense controlou Laguna, proclamando a República Juliana lá.

Filho do pesadelo (Desenho do símbolo): O grafismo dos filhos dos pesadelos foi feito pelo indígena da tribo maraguá, Yaguarê Yamã Aripunãguá, que é escritor e ilustrador. Ele definiu a ilustração da seguinte forma: "um tradicional grafismo representando a 'garganta profunda' e seus dentes numa boca hedionda aberta, vindo do escuro onde vagueia. simbolo de yurupaary (boca enorme), que, para os índios maraguás, se chama zuruãgá – aquele que vagueia. O símbolo do dente pontiagudo numa boca medonha é única e significa: mal, mau, destruição, desgraça, diabo (cristão) e a força que vem do escuro e que ninguém vê, mas ouve e sente, sabe que está à espreita, querendo assustar, enlouquecer, matar."

França Brasilis: inspirada na França Antártica, uma colônia francesa fundada no Brasil no séc. XIV.

Gorjalas: Inspirado nas lendas do norte, são gigantes de pele totalmente negra, que habitam lugares montanhosos.

Grande Lapa: Inspirado no Rio de Janeiro antigo, coloquei a Lapa como ponto de referência.

Holanda Brasilis: inspirado no Brasil Holandês, que teve seu apogeu com Maurício de Nassau.

Ilha Grande: é uma ilha localizada em Angra dos Reis, estado do Rio de Janeiro, onde por anos funcionou um presídio considerado de segurança máxima. Em 1994 o presídio foi fechado após um traficante conhecido como "Escadinha" ter conseguido escapar de helicóptero.

Ivi Marã Ei: É uma terra indígena sagrada que um grupo de índios sul-americanos procuravam vagando pelas matas. Diz-se que nessa terra não existem doenças e males. A tradução de Ivi Marã Ei é, inclusive, "terra sem males". A descrição que dei ao lugar foi inspirado na lendária cidade descrita no "manuscrito 512".

José de Seixas: José de Seixas Magalhães foi um abolicionista, empresário do ramos de bolsas, que mantinha uma chácara no Leblon, que ficou conhecida como Quilombo Leblon por acolher escravos fugitivos.

Karaibebés: são uma espécie de anjos indígenas criados pelo padre

José de Anchieta como forma de catequizar com facilidade os indígenas brasileiros.

Lisarb: é inspirado no Brasil. Lisarb é Brasil escrito ao contrário.

Manuscrito 512: Foi um manuscrito de um bandeirante contando sobre como seu grupo chegou a uma cidade misteriosa abandonada no meio de uma floresta brasileira. Esse documento é de 1753 e está arquivado na Biblioteca Nacional. Esse documento gerou muitas lendas a respeito de El Dorado, a cidade perdida nas Américas.

Monarquia Celestial: Inspirada no movimento da Guerra do Contestado.

Monte Belo: Conhecido também como Canudos, foi o arraial onde Antônio Conselheiro fixou moradia com seus seguidores.

N8: Por uma superstição, Santos Dumont pulou o 8 da numeração de seus inventos, indo do N7 para o N9. Decidi usar esse gancho para dar nome à máquina mais poderosa de Lisarb.

Ouro Preto: Inspirado na cidade mineira homônima.

Pedra do Ingá: É um monumento arqueológico da Paraíba que possui inscrições rupestres.

Piscina do Castelo de Rudá: A piscina descrita na ilha flutuante do Castelo de Rudá foi inspirada na piscina desenhada por Fernando Correa Dias para um projeto arquitetônico com decoração marajoara para a piscina da residência de Guilherme Guinle, no Rio de Janeiro (1930), hoje

Parque da Cidade (Gávea – Rio de Janeiro).

República dos Farroupilhos: Inspirada na República Rio-Grandense.

Revolta da Vacina: Foi uma revolta popular que aconteceu no Rio de Janeiro em 1904. Atenção! Esta é uma obra de ficção. Vacinas são importantes!

Rudá: É o deus do amor para alguns indígenas. Ele é descrito como uma entidade que mora sobre as nuvens e desperta o amor no coração das pessoas. Decidi a partir disso criar a ilha flutuante com seu castelo.

Sabinada: inspirada na revolta homônima.

Sensaud de Lavaud: Foi um carro revolucionário na época (década de 1920) por ter seu câmbio automático. Foi criado pelo franco-brasileiro Dimitri Sensaud de Lavaud, o mesmo que projetou o avião São Paulo e realizou o primeiro voo da América Latina.

Tenetahara: idioma do tronco linguístico tupi falado pelos índios tembés.

Vera Cruz: é inspirado no segundo nome do Brasil: Ilha de Vera Cruz. O primeiro nome do Brasil é considerado Pindorama, já que parte das terras que compõem o Brasil de hoje eram chamadas assim pelos habitantes que aqui viviam.

Victoria: foi inspirado no Le Victoria, um dirigível de demonstração de Júlio César Ribeiro. Na história real não era um balão que pudesse ser tripulado, mas apenas um protótipo do Santa Maria de Belém, um dirigível que poderia ser tripulado, mas que não foi bem-sucedido em seu enchimento.

Rudá: É o deus do amor para alguns indígenas. Ele é descrito como uma entidade que mora sobre as nuvens e desperta o amor no coração das pessoas. Decidi a partir disso criar a ilha flutuante com seu castelo.

Imagens de criaturas e veículos de Vera Cruz.

Boitatá

Boiuna

Capelobo

Cavalo sem cabeça

Curinqueam

Datilógrafo

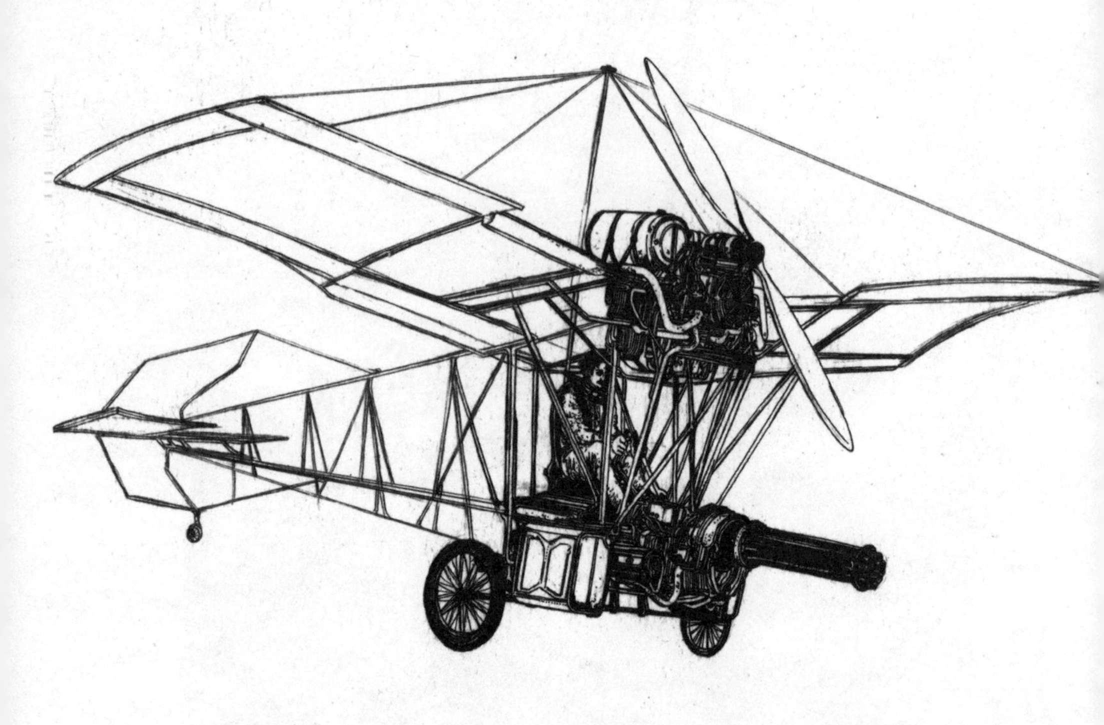

Demoiselle

Farroupilha

Gorjala

Goyasis e Matuyus

Ipupiara

Mapinguari

Matinta Pereira

N8

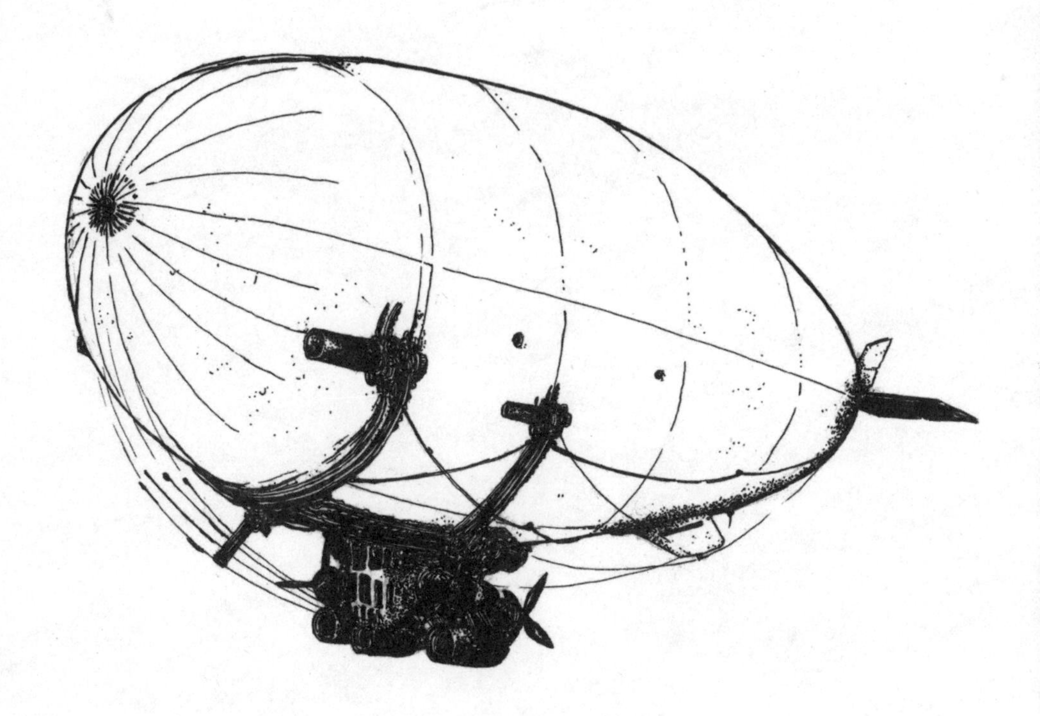

N33

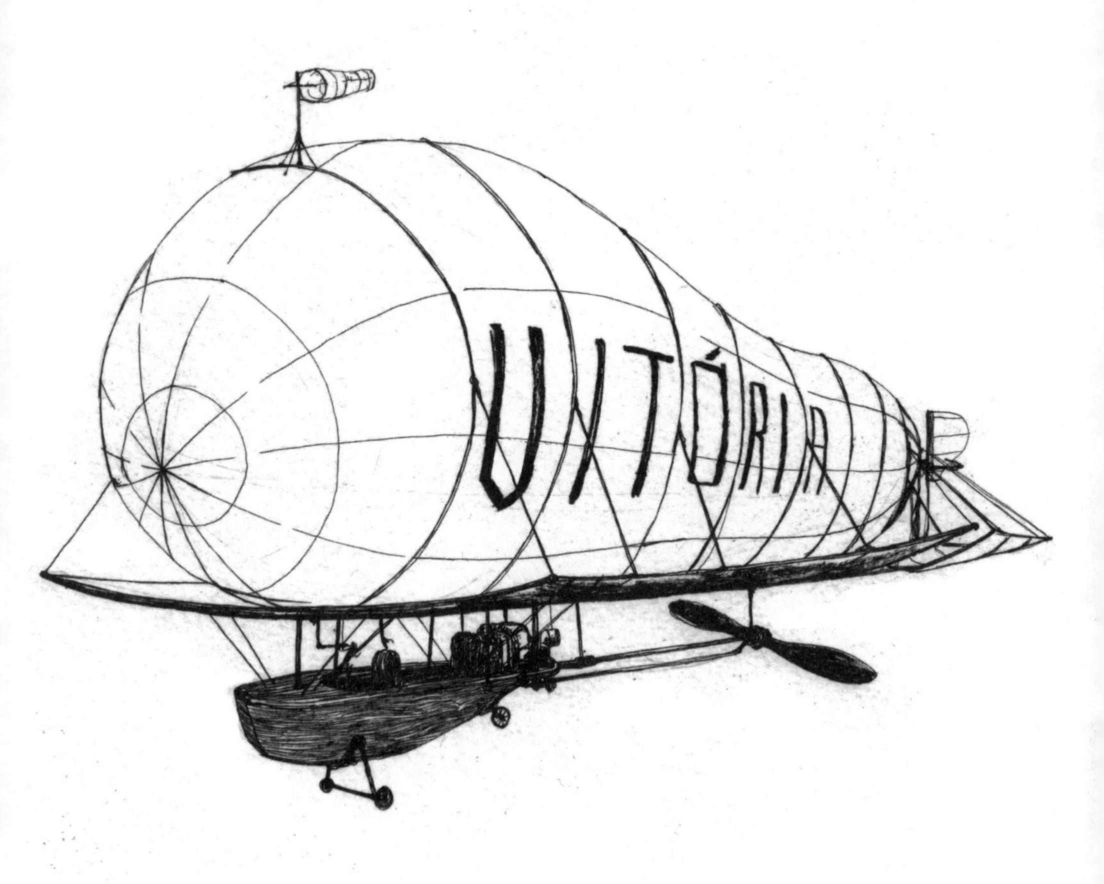

Victória

Muito obrigado a todos colaboradores da campanha no CATARSE. Sem vocês, seria impossível conseguir publicar esse livro. Sou eternamente grato a cada um de vocês!

Matteo Libardoni, Adriana Aragao, Lucas Santiago, Arjan Vinhaes, Eduardo Rosa, Isla Rocha (<3 <3) <3), Diego de Oliveira, Isra Toledo Tov, André Luis Mansur Baptista, Alessandra Freitas, Alex Alves Engenho Hawaiano, Carlos Figueiras, Daniel Venancio, Ylan Appus, Hernani Ilek, Mônica de Nazaré da Costa Pereira, Maria Aparecida Pereira Paulino da Silva, Yargo Reis, Léo Petrarca, Renan Laviola Rodrigues de Freitas, Nikos Elefthérios, Isabela Linhares Coutinho Silva, Klaus Komauer, Pedro Henrique Fogaça Godoi, Hugo Henrique Pinto, Samila Lages, Dheyrdre Machado, Carlos Alberto Azevedo, Rosângela Bersch, Larissa Silva dos Santos, Alexandre Jose de Araujo, Alexandre Moraes, Jaqueline Jung, dan.folador, Matheus Ulisses Xenofonte, Bruno S. Macário, Rodrigo Sousa, Cristiano Batista, Jonatan cartilho silva, Isabella Paulino da Silva , Eduardo Balthar Matias, Kadu Victor, Armindo Andrade Sousa Júnior, Adriana Andrade, Jose Wellington Alves G Filho, Patrick Petralha, Patricia, Eghon, eghon.araujo1@gmail.com, Sueli, Julio Filipe, José Fernandes, Guilherme Reis Holanda, Leandro Vieira, Gustavo Constantino, Rafael Baldo, Paulo R Ito, Felipe Soares Muller (É Bate Estaca!!), André Barboza Pontes, Rafael Machado Saldanha, Raphael Câmara Pinheiro, David Pereira, Brenda Assunção, Thales Eduardo Soares Martins, Endi Ganem, JAMES ANDRADE DA ROCHA MENEZES, Leonardo Sá, Diego Perandré, Thallyson Miranda, Joao Pedro Martins Senise, Ricardo Gondim, Maielle Ramos, Vasconcelos Ferreira da Silva Filho, Lucas Silva Figueiredo, RENAN NASCIMENTO DO ESPIRITO SANTO, Salomão dos Santos Soares, Juliana Flores, Sandra Cristina Marchiori Antunes, Danielle Lupisi, Auryo Jotha Mesquita da Rocha, Bia Maranhão, Rodrigo de Oliveira Souza, Eduardo Luiz Da Cas Silva, Germano Carlos Dutra Junior, Igor Henrique Rodrigues Oliveira, André Barbosa, Patricia Perez, Andréa da S A Cardoso, Janayna Bianchi Bruscagin Pin, Heclair Rodrigues Pimentel Filho, Bruno de Carvalho Maroch Rabello, Sandro Wilson da Silva Miranda (Mr. Wilson!!), Daniel Gouveia De Souza, Nikos Elefthérios, Kim Tiago Baptista, Juliana Felix, Danilo Mattos, Fernanda Fonseca, Vanderson Camargo (craque do FFC!), Fernando J. Rubel, Diego Taveira (CASA VELHA na veia!!), Marcos Goes Dos Santos, Bianca Bonami Rosa Rodrigo Pascoal, Brena Gentil Resende, Diego Caldas (PITBUL!!), Ana

Lúcia Merege Correia, Gustavo N. e Silva, Daniel Mallzhen, Marcelo Simão de Vasconcellos, Andrea Pereira, André Monteiro Sevante, Carlos Marcelo da Silva Moraes, soraya almeida, João Francisco Alves Mendes, Érico Assis, Lucas Mota, Leandro Luigi Del Manto, Marcelo Vargas dos Santos (ETERJ na veia!!! Valeu, mano!), Hermesson Ribeiro de Melo,Alexander Meireles da Silva, Maize Daniela, RODRIGO ORTIZ VINHOLO, Helio Jaques Rocha Pinto (O GRANDE REI ADULTO!!), Fernando Aparecido Ferreira, Gabriel de Oliveira Mustefaga, Bruno Nunes Ribeiro, Marcelo de Abreu Almeida, Elton Valério, Gabriel Billy, Newton da Rocha Xavier, Talles Magalhães (Mr. Talles!!! =D), Felipe Menegheti, Gabriel Figueiredo Pagin, João Leonardo de Jesus Vitorino (To esperando seu livro!! Não desista de escrever!), Fernando Bandeira Fisch, Luis hailton souza, Maurício Xavier, Marcio Simão de Vasconcellos, Felipe de Menezes, Klaus Reis (Master Klaus!!!Obrigado demais, Mestre) Aldo Costas Sketch, Alexandre Guedes (Master Guedes!!! Obrigado por tudo, Mestre), Hugo Souza, Américo Sanches, Eduardo Von Samuel de Farias, Ylanna Fonseca (<3), Jhonatan soares de frança, NAISA DE OLIVEIRA DOS SANTOS (Obrigado!!! =D =D Espero que goste), Gabriel Loduca, Wenceslau Teodoro Coral, Cristiano Cristo, David Cassiano Martins, Camila Villalba, Jorge dos Santos Valpaços, Camila Jacob, Marcela gottschald pereira, Claudia Gomes da Cunha, Elinete Antunes (Viva a Rural!!), Mariana Carmo Cavaco, Eduardo Maciel Ribeiro, Elenildo Conceição Lopes, Lobo D' Alecio, Domenica Mendes, Adriano Ladeira Vannucchi, Rafael Guarnieri, Marcos Fernando Alves da Silva, Glaucia Cristina da Silva Amaral, Fellipe Ayres Duarte (Santa Mônica presente!! Obrigado, irmão!), Carlos Eduardo Cassimiro da Silva, Carlos A Pereira, Luiz Felipe Magalhães (O gaito em gaia! Vamos retomar o som!!! =D Obrigado, mano),Eduardo Alexandre Franciscon, Posithivo Operante, Nélvio Júnior, andre, luiz de mello meirelles, Romullo Assis dos Santos, Leandro Luigi Del Manto, Renan Albino da Cunha, Geovan Motter, Victor A. Kichler Ferreira, Edmar Alves de Castilho (Danadão!!!!), Diego Mendes, Leonardo Salvador do Amaral, David Dornelles, Marcos Nogas, Celso Luiz Martins Barcelos, Alex Gabriel, Marcelo Zaha Yonamine, Daniel Duran Galembeck da Silva, Felipe José Campos dos Santos, Naiá Oribici Santos, Andriolli Costa, Samuel Leite Fonseca Romão, Fernando Spina Tensini, Marcos Vinicius Alexandre Mancini, Gustavo Mozer, Guilherme Henrique dos Santos, Leandro, Santos Felix, Anna Freitas Dias, Francis Diego Duarte Almeida, Ewerton Wander Duarte do Nascimento, Gabriel Davini de Siqueira, Lívia Stocco, André Takacs Gerbaudo, Luiz Fernando de Oliveira Germann, Joseph Boechat Moldes Galderisi de Castro, Guilherme Mathias Vieira, Guilherme Tolomei(meu eterno Editor! Sem você eu não estaria aqui! Obrigado, meu amigo!), Gianni Aparecida Arruda Tissi, José Tertuliano Oliveira, Cacyo Nunes, Carlos Morevi.

IMPRESSÃO:

Santa Maria - RS | Fone: (55) 3220.4500
www.graficapallotti.com.br